Carl Leb[illegible] journaliste et documentariste avant de signer un premier livre, *Le personnage secondaire* (Boréal, 2006), suivi par le roman *Artéfact* (XYZ, 2012; Prix littéraire des collégiens du Québec en Suède 2014) et le recueil de nouvelles *Fruits* (XYZ, 2013; prix Jovette-Bernier 2014), tous deux encensés par le public et la critique. Il a également réalisé *Le cœur d'Auschwitz*, un documentaire pour lequel il a été nommé aux prix Jutra 2011 et qui raconte l'« histoire vraie » de l'artéfact dont il est question dans ce roman. Il se pourrait bien cependant que la fiction en dise plus long que la réalité sur ce que les philosophes appellent la condition humaine.

ARTÉFACT

Un homme, un objet, un passé, douze femmes. Peut-être treize. On ne sait pas. L'artéfact, un mystérieux cahier fabriqué dans un contexte impossible, deviendra vite pour François Bélanger, reporter pour un grand quotidien montréalais, cette invitation au voyage à laquelle, un jour ou l'autre, nous succombons tous. Croisement entre une belle histoire et une sale affaire donc, car l'artéfact en question est un carnet de vœux confectionné au cœur des ténèbres, dans le camp d'Auschwitz, en décembre 1944, par un groupe de jeunes femmes qui voulaient souligner le vingtième anniversaire de l'une d'entre elles. D'où vient cet objet ? Est-il authentique ? Comment a-t-il abouti dans la vitrine du Centre commémoratif de l'Holocauste à Montréal ? Qui l'a ramené de l'enfer ? Qui sont ces femmes ? Et cette histoire, finalement, est-elle réellement belle ?

ARTÉFACT

DU MÊME AUTEUR

Le personnage secondaire, Montréal, Boréal, 2006.
Artéfact, Montréal, XYZ, 2012 ; Bibliothèque québécoise, 2015.
Fruits, Montréal, XYZ, 2013.

CARL LEBLANC

Artéfact

BIBLIOTHÈQUE QUÉBÉCOISE

BQ Bibliothèque québécoise (BQ) est une société d'édition administrée conjointement par les Éditions Hurtubise et Leméac Éditeur. BQ bénéficie du soutien financier du gouvernement du Québec par l'entremise du programme de crédit d'impôt pour l'édition de livres et de la Société de développement des entreprises culturelles (SODEC). BQ reconnaît également l'aide accordée à son programme de publication par le Conseil des arts du Canada.

Financé par le gouvernement du Canada
Funded by the government of Canada | Canada

Conception graphique : Gianni Caccia
Typographie et montage : Luc Jacques typographe

ISBN 978-2-89406-378-1

Dépôt légal : 4e trimestre 2015
Bibliothèque et Archives nationales du Québec

Distribution/diffusion au Canada :
Distribution HMH

Distribution/diffusion en Europe :
DNM-Distribution du Nouveau Monde

IMPRIMÉ AU CANADA

À François Roberge

Sorry that I'm late

I been searchin' for something great

MACY GRAY, *Freak like me*

Guta connait pas Klara mais les 2 connaissent Zlatko

Carnet = pureté alors camps est enfer

execité, contexte expo au musé

1

FRANÇOIS AVANÇA LENTEMENT jusqu'au bout du corridor qui débouchait sur une petite salle. Au centre se trouvait une vitrine. À l'intérieur, une lumière plus intense imposait au visiteur l'objet de son attention. Comme s'il s'agissait d'une pierre précieuse rapportée d'une expédition lointaine, on avait isolé un minuscule carnet en forme de cœur, à peine plus épais qu'un paquet de cigarettes. Sur le tissu mauve élimé qui lui servait de couverture, on avait brodé la lettre *K*. Les pages, inégalement découpées, trahissaient les conditions rudimentaires de sa fabrication. Un relieur aurait tiqué devant le travail bâclé. Le visiteur, lui, n'avait pas le choix ; une fois informé, il ne lui restait qu'à admirer : l'objet était le résultat d'un beau geste. Un carton expliquait qu'il s'agissait d'un carnet de vœux fabriqué clandestinement par des jeunes femmes juives forcées de travailler dans une usine d'armement à Auschwitz. Il avait été offert à une certaine Klara Granovski pour son vingtième anniversaire, le 21 décembre 1944. Un bel objet. Dans un musée de l'Holocauste, cela faisait un peu mouton noir.

François Bélanger était journaliste aux affaires juridiques d'un grand quotidien montréalais. Il n'était pas venu pour la visite. Il ignorait encore, quelques heures plus tôt, l'existence de ce musée niché parmi d'autres organisations juives dans un coin du quartier Côte-des-Neiges. Il préparait un article sur un présumé criminel de guerre, fraîchement identifié à Montréal. Il restait encore, çà et là, quelques-uns de ces individus, telles des traces boueuses maculant le seuil de ce nouveau siècle. Chaque fois qu'on en retrouvait un, on se repaissait d'histoires horribles et affolantes. Et puis il y avait toujours ce romanesque du terrible secret finalement éventé, du passé qui ne passe pas, de la justice qui a le bras long, et de la faute jamais absoute. Le directeur du musée, un jeune historien, avait accepté de le rencontrer et de lui donner quelques informations qui lui manquaient. On avait affecté François à l'affaire Krylenko, du nom du vieil Ukrainien soupçonné de crimes de guerre. « L'histoire avec un grand *H* ! » lui avait alors lancé avec une pointe d'ironie son rédacteur en chef. Il était évident que Gingras, le chef des Devil's Riders, n'avait guère l'envergure d'un Goering ou d'un Goebbels. François, cependant, n'avait jamais vu les choses ainsi. Une histoire était une histoire. Il n'y avait que des bonnes et des moins bonnes façons de la raconter. Combien de faits divers étaient ainsi devenus de grandes histoires ? Madame Bovary. Œdipe. Jésus. Bien raconter, pour le journaliste, raconter honnêtement, avec tous les détails qui comptent, c'était « améliorer le monde » en quelque sorte. « Ça va te changer des violeurs, des scabs et des motards », avait renchéri l'affectateur du journal. « Un nazi, c'est pas tous les jours... »

C'est ainsi qu'il se retrouvait cet après-midi-là devant de grandes photos tristes du ghetto de Varsovie, à côté d'un uniforme en lambeaux *made in* Auschwitz, et non, comme d'habitude, au palais de justice, devant les mines outrées de criminels jouant l'innocence et celles, blasées, de ses collègues dégoûtés par l'efficacité sans limites des avocats aux cheveux gominés et au sourire blanchi avec de l'argent sale.

Il se pencha pour observer le carnet. Offrir des vœux alors qu'on est prisonnier dans un camp de concentration ? Il s'appliqua à imaginer ce qu'il avait fallu de détermination pour le confectionner. Dans cet empire du chiffre que fut Auschwitz, l'artéfact disait la revanche des mots et, bien sûr, était-on tenté d'ajouter, de l'humain. Car enfin, si même à Auschwitz, des femmes, sur les bras desquelles on avait tatoué un numéro, avaient pris cette peine de..., on pouvait se dire que, peut-être, après tout, si l'animal devait l'emporter sur l'homme, ce serait fait depuis longtemps. Pour les optimistes de la nature humaine, le carnet de cette Klara pourrait servir d'argument. Était-ce la bonne façon de voir les choses ? Auschwitz n'était-il pas, dans l'histoire des hommes, un laboratoire de l'extrême rationalité ? Contrairement à ce qu'un célèbre bédéiste américain avait mis en scène, les nazis n'étaient pas ces chats qui chassent les souris, mais bel et bien des hommes qui, pour maximiser l'effet de leur pouvoir naturel (raison, logique, calcul), avaient dû, là résidait peut-être le vrai « tour de force », faire taire la compassion, la sensibilité, la pitié. Un nazi était un homme, élagué certes, mais bel et bien un homme. Le chat est une intuition sur pattes ; il peut attraper les souris qui passent, il ne pourra jamais les entasser dans des wagons et les convoyer vers la mort. Transposer la Shoah dans le monde animal, cela trahissait un malaise : la difficulté d'admettre la banalité du mal chez l'humain. Ce carnet, en revanche, fabriqué avec les moyens du bord, c'était l'œuvre d'un humain encore habité par des émotions, ce « commun des mortels » qui n'est ni un moine bouddhiste ni un nazi, deux « élagués » à leur manière. François était là, toujours penché. Il réfléchissait. Cet effort le fit sourire ; c'était, chez lui comme chez beaucoup d'autres, l'aveu que la séduction avait opéré.

Il se sentait épié. En se retournant, il aperçut une vieille dame silencieuse assise en retrait, sur une banquette offerte à ceux qui désiraient regarder les films d'archives commentés par des voix pédagogiques. Elle regardait dans sa direction sans le voir. Il se remit à l'examen du petit carnet. L'étoffe mauve avait été cousue à la main, la lettre *K* y avait été brodée avec une laine rouge, les pages semblaient avoir été collées les unes aux autres. *K.* Quelqu'un. Dans ce lieu triste où des destins anonymes s'accumulaient sous les yeux du visiteur qui en venait à les confondre, dans ce rappel incessant qu'« Ils n'étaient que des numéros », dans cet indistinct chiffré de la douleur, cette lettre surgissait de façon presque inconvenante. *K* aurait pu être cette vieille dame. François s'approcha de la banquette et s'assit près d'elle.

— Vous travaillez ici ?

— Je suis bénévole.

— François Bélanger, journaliste.

— Helena Brunchswig.

— C'est une journée d'affluence normale ?

— Oui, je crois bien que oui.

— Vous passez vos journées ici ?

— Non. Autrefois, au début, il y a dix ans, je venais presque tous les jours, mais la maladie, vous savez…

Il y eut un bref silence. Le visage de la femme était creusé et ridé, mais encore habité par une ferveur tranquille. Elle fixait dévotement le carnet dans la vitrine. Il l'interrogea.

— C'est un drôle d'objet pour un musée comme celui-ci, vous ne trouvez pas?

— Que voulez-vous dire?

— Je ne sais pas, c'est… comment dire, c'est très humain et c'est plutôt réjouissant pour un endroit aussi triste.

— Oui, très humain, vous avez raison.

Elle esquissa un sourire, puis l'interrogea à son tour.

— Ne dit-on pas que l'erreur est humaine?

— Pardon?

— On dit «L'erreur est humaine», non?

— Oui, oui, bien sûr. Dites-moi, vous y étiez?

— À Auschwitz? Oui.

— Puis-je vous poser une question?

— Bien sûr.

— On peut oublier?

— Non.

— Alors, comment fait-on?

— On accumule d'autres souvenirs, vous savez, comme des meubles devant la porte pour qu'elle ne s'ouvre pas.

— Quelle sorte de souvenirs?

— Les enfants, les fêtes, les petits-enfants…

— Monsieur Bélanger?

Le jeune directeur se tenait devant eux, mi-trentaine, petit, mince, tiré à quatre épingles. Ses cheveux noirs ondulés et rabattus vers l'arrière trahissaient un effort pour contrecarrer l'allure encore juvénile de son visage. Le jeune homme était soucieux de séduire, mais aussi de convaincre. Heureux de la visite, trop rare, d'un journaliste, il arborait le sourire d'un vendeur et s'enquit de l'intérêt de François.

— Vous avez pu jeter un coup d'œil ?

— Oui, je…, enfin, pour l'instant, surtout sur ce petit carnet…

— Étonnant, non ? Vous savez, on m'a dit que, lors de l'inauguration de nos nouvelles installations, le premier ministre s'était déplacé et qu'il avait été particulièrement touché par cet artéfact.

— Bel objet, en effet.

François prit congé de la vieille dame. En quittant la salle, il jeta un dernier coup d'œil vers elle. Elle avait replacé son regard droit devant elle. On aurait dit une vieille poupée déposée sur une tablette. S'était-elle vraiment animée à l'instant ? Le tableau lui parut avoir été mis en scène. « La vieille dame et son cœur », se dit-il. Tout cela venait d'un passé tellement… passé. Avec cette histoire de vieux nazi démasqué, il tenait entre ses dents un morceau de ce XXe siècle déjà si lointain. Et cela ferait peut-être la manchette à nouveau, même si, il s'en doutait, de nombreux lecteurs en avaient marre de cette histoire qui n'en finissait plus. Ce passé, pour plusieurs, était caduc.

Le directeur lui parla de l'Ukraine et de cette « Shoah par balle » qui avait précédé celle des camps et du gaz. Cela pourrait donner un peu de profondeur à l'article qu'il devait rédiger. L'historien émit l'hypothèse hautement plausible que le bataillon dans lequel Alexandre Krylenko était soupçonné d'avoir servi avait peut-être exterminé des membres de familles juives de Montréal. La présence d'un bourreau et de ses victimes dans la même ville avait quelque chose de choquant et de vertigineux. Il espérait faire mouche auprès du journaliste. Ce serait bien si l'article pouvait aller au-delà de l'affaire Krylenko et, bien sûr, attirer des visiteurs. François prit quelques minutes pour consulter les archives iconographiques de l'Ukraine « nettoyée », parmi lesquelles la photo d'une exécution qui accompagnerait son article et appâterait le lecteur.

Avant de quitter le musée, il repassa par la salle du carnet. La vieille dame n'était plus là. Le petit cœur de papier trônait, dérisoirement important, dans sa cage de verre au milieu de grandes photos de la guerre et du mal. « Monsieur Bélanger ! Vous venez ? » Il jeta un dernier coup d'œil à l'artéfact n° 453 du musée de l'Holocauste de Montréal.

20 décembre 1944

SI LES CHOSES EMPIRENT, Vera, la petite Tchèque, devra se rendre à l'infirmerie… Ce n'est pas un endroit pour être soigné. Elle n'en reviendrait pas. Elle se traîne comme une ombre scandalisée d'avoir toujours un corps. Bientôt, il n'y aura plus dans ses yeux que cette absence d'avant la mort. Dans ce baraquement de fantômes, son agonie est une banalité. Vera avait pourtant l'allure, la force, l'énergie qu'il fallait. Mais il y a eu cet accident : une mauvaise coupure à l'usine de munitions et tout a basculé. Klara a insisté : « Il faut être utile. Tant qu'ils ont besoin de toi, c'est bon… » Elle l'a soignée du mieux qu'elle a pu. Plus personne ne peut la couvrir. Chaque quart de travail la vampirise. Le déficit vital se creuse. Le rideau va tomber. Klara est venue près d'elle avec sa ration du soir. Elle lui parle doucement. Elle chantonne en yiddish. Vera réagit à peine. Klara trempe du pain dans le bouillon clair de sa gamelle. Elle le pousse dans la bouche de la petite. Elle hoche la tête en chantonnant comme elle le faisait avec ses jeunes neveux à Bialystok avant la guerre. Elle chuchote. Elle lui parle. Il ne faut pas que Vera oublie qu'elle est de l'espèce à qui l'on parle. Klara s'approche encore plus près.

— Vera, Vera…

— Oui, Klara.

— Tu sais, demain je vais avoir vingt ans !

— Vingt ans ? Comme tu es vieille...

— Mais non, toi aussi tu vas avoir vingt ans, il faut que tu manges.

Et Klara reste là près d'elle jusqu'à ce que ce soit l'heure. La kapo rôde. Elle doit retourner à son baraquement. En croisant le groupe du quart de nuit, elle aperçoit Zlatka en conciliabule avec une des filles du « Kanada », le nom donné à la section de triage des vêtements, l'eldorado du marchandage, terre promise où l'on peut augmenter ses chances de survie. Zlatka lui sourit. En guise de réponse, Klara fronce les sourcils, l'air sévère. Zlatka prend trop de risques à faire du marché noir. Une fois sur sa paillasse, Klara ferme les yeux et se met à prier. Elle s'y met en chassant vigoureusement le doute. Soudain, une main s'abat sur sa tête ; c'est la kapo : « Ils veulent t'entendre... » Elle sort du baraquement et marche jusqu'au mess des officiers. Elle se racle la gorge et se lance. À l'intérieur, quelques sarcasmes d'usage précèdent le silence. La voix de Klara prend son envol. Elle chante en allemand comme Ruth, sa camarade d'infortune, le lui a appris.

La fille est douce et triste
La nuit viendra, la nuit viendra
La fille est douce et triste
La nuit viendra, mais lui ne viendra pas
La lune est douce et claire
La nuit est là, la nuit est longue
La lune est ronde et pleine
La nuit est longue et vide

Un des SS tapote son verre. La guerre est perdue. Tous le savent. Seuls quelques officiers sont au courant du plan d'évacuation. Himmler a fait stopper les gazages. Il se prépare à négocier. Plus que quelques semaines. C'est probablement une des dernières fois que le jeune SS entend cette voix. La petite Juive de l'autre côté du mur, peut-être qu'en temps normal elle aurait fait carrière. Elle n'avait qu'à ne pas naître juive. Il oublie la fille, se concentre sur la voix. Klara chante avec une assurance troublante, cherche à se confondre avec les mots, plonge dans le rythme, s'immerge dans la chanson, s'enduit d'oubli, elle cherche l'or du chant. Oui, il est possible de renouer avec la beauté.

La nuit est là, la nuit est froide
Pourquoi ne vient-il pas?
La nuit est longue, la nuit est vide
Pas même le bruit d'un cœur qui bat

Le chant est un alcool. En revenant lentement vers son baraquement, il faut dégriser. C'est comme si elle n'avait plus peur. Klara fait un détour pour retourner près de Vera. Elle n'a plus que quelques mètres pour se composer un nouveau visage, pour nettoyer les restes de la tristesse qui l'a envahie. Les officiers l'appellent «l'oiseau juif». Sur un des morceaux de pain qu'ils lui ont lancés, elle remarque une trace rouge, l'approche de son nez. Cette odeur? Du vin. Vera semble apaisée. Klara approche le morceau de pain imbibé près de sa bouche entrouverte. Si seulement la petite pouvait s'enivrer. Klara lui chuchote quelques vers d'une comptine tchèque que Vera lui a apprise. Vera s'endort comme on meurt quand on meurt doucement. Plus tard, Klara attend minuit avant de fermer les yeux, pour être sûre d'avoir vingt ans. Ces vingt ans que Vera n'aura pas.

3

François Bélanger rédigea un article fouillé pour le journal du lendemain. Un encadré rappelait l'action des « bataillons ukrainiens nationalistes » et le directeur du musée y était cité. Sur la page précédente, un chroniqueur affirmait avec sa gouaille habituelle que la justice était loin d'être bien servie lorsqu'on harcelait des vieillards, même s'ils avaient été jadis des salauds. C'était un de ces journalistes vedettes qui avaient fini par se convaincre que leurs prises de position, conformes à l'esprit « systémique » du temps, constituaient un regard valeureusement lucide. Le cas particulier était toujours un accident redoutable pour ces « penseurs globaux ». Dans ce cas-ci, il n'y avait pas beaucoup de bravoure à questionner la pertinence du devoir de mémoire des Juifs. Depuis une quinzaine d'années déjà, l'impatience fleurissait. Une sorte d'overdose de Shoah coïncidait avec la montée en puissance de Tsahal, l'armée israélienne. Chez de nombreux « spectateurs engagés », l'empathie pour la victime d'hier s'épuisait dans la colère contre le puissant d'aujourd'hui. Ainsi, le devoir de mémoire pouvait devenir du « harcèlement de vieux grabataires », et toute action militaire du gouvernement israélien, un « crime de guerre ». La mémoire si douloureuse des Juifs se retournait contre eux.

Alexandre Krylenko n'avait rien d'un grabataire. Il avait quitté la France au début des années soixante pour trouver à Montréal un lieu tranquille où gommer son passé et refaire sa vie. Dans l'Ukraine nazifiée de 1943, il avait, jeune «patriote», combattu les communistes et les Juifs que la plupart des esprits confondaient; le refrain du judéo-bolchévisme des nazis avait trouvé son public cible. Il niait avoir participé aux actions de «nettoyage». Il admettait avoir été incorporé à l'armée allemande qu'il affirmait avoir désertée pour passer en France à la fin de la guerre. Il avait alors changé de nom et s'était installé à Paris, puis avait émigré au Canada en 1961 sous un faux nom. Ainsi personne ne lui avait posé de questions embarrassantes… Ce qui troublait François, c'est que le vieil homme lui-même avait fait une demande formelle pour récupérer sa véritable identité, commettant ainsi une sorte de suicide juridique: une fausse déclaration était une condition suffisante pour que l'on révoque sa citoyenneté.

François avait téléphoné chez Krylenko et laissé un message: «Je souhaiterais vous poser des questions, mais surtout vous entendre sur les faits qui vous sont reprochés.» Les tentatives des autres journalistes avaient-elles été trop brusques? C'est à François que le vieil homme accorda une entrevue exclusive.

Il habitait avec sa femme dans un secteur aisé du quartier Rosemont; deux vieillards indiscernables nichés confortablement dans l'alvéole d'une de ces ruches que l'on nomme «quadriplex». Des plates-bandes entretenues par Mme Krylenko agrémentaient un minuscule jardin sous la fenêtre de leur appartement au rez-de-chaussée. Krylenko avait pu gagner sa vie honorablement pendant toutes ces années canadiennes, mais il n'avait pas fait fortune. Au moment prévu de l'entretien, François avait dû patienter avant de pouvoir entrer dans l'appartement. Devant la porte des Krylenko, de jeunes Juifs montréalais, menés par un rabbin tonitruant, réclamaient justice. Des hémérocalles en fleurs atteignaient une fenêtre où se tenait Krylenko. Le visage à demi caché par le rideau, il épiait, impuissant, cette danse incantatoire où le démon que l'on tentait d'exorciser, c'était lui. Les jeunes Juifs, enrôlés dans le devoir de mémoire, venaient d'entonner un psaume en hébreu. L'heure de la dénonciation publique avait sonné pour Krylenko. Son concierge, ses voisins, le dépanneur du coin, les gars de l'amicale ukrainienne, tous sauraient ce matin-là ou l'apprendraient plus tard à la télé, car les caméras avaient elles aussi été rameutées par ce spectacle inusité : un rebondissement de la Shoah à Rosemont. Le rabbin prit la parole pour dire « il ne faut pas… », « la justice doit… », « on ne saurait oublier… », « car la banalisation… ». François notait ces propos dans son carnet tout en gardant un œil sur la fenêtre. Krylenko allait-il sortir ? Allait-il exiger haut et fort qu'on le laisse tranquille ? Qui peut empêcher des gens de chanter sur un trottoir ? Qui peut exiger qu'on ne se souvienne pas ? Même au prix de la tranquillité matinale ? Si le vieil homme jouant du rideau à la fenêtre avait commis la moitié de ce dont on l'accusait, alors il ne méritait assurément pas de prendre son petit-déjeuner en paix. Mais s'il y avait erreur sur la personne, alors cette scène à laquelle assistait François, un peu incrédule – faire preuve d'une mémoire fervente ne fait pas partie des coutumes canadiennes –, était une chose terrible.

La harangue du rabbin prit fin, telle une routine, comme si tout cela n'avait rien d'extraordinaire. Ils montèrent tous dans un minibus et quittèrent les lieux comme des ouvriers à la fin de leur quart de travail, après avoir rangé leurs outils. Alors qu'ils partaient, François se surprit à éprouver une sensation étrange, sans pouvoir dire précisément ce que c'était. Dans le véhicule qui s'éloignait, il y avait la moitié de l'humanité. Derrière ce rideau se tenait peut-être l'autre moitié. Le casting idéal. Le bourreau. La victime. Une grosse affiche. Assurément plus grosse que celle sur laquelle Maurice Gingras des Devil's et Giuseppe Tomaro du clan Zanzutto tenaient les premiers rôles. François avait publié, la veille de sa rencontre avec Krylenko, son dernier article sur le procès du motard Paul Lemay, le lieutenant de Gingras. Et voilà qu'il se retrouvait seul, sur ce trottoir, en pleine Seconde Guerre mondiale. Que ce soit la grande Histoire ou la petite, c'était toujours la même chose : il y avait nécessairement un bourreau et une victime. C'était une sorte de comptine, la comptine des siècles. Dans ce cas-ci, le crime était vieux de soixante ans. François était habitué aux intrigues plus simples. Même s'il lui fallait bien reconnaître la justesse du devoir de mémoire concernant les Juifs, la scène l'avait rendu mal à l'aise. Cet attroupement avait des relents de justice de rue.

François resta seul un bon moment sur ce trottoir. Krylenko avait jeté un coup d'œil dans sa direction, intrigué par ce curieux qui s'attardait. Il se rappela enfin : le coup de fil, le journaliste. Il lui proposa un café, après s'être enquis une nouvelle fois du journal pour lequel François travaillait.

— Je suis innocent. Je ne suis pas celui qu'ils m'accusent d'être.

— Vous êtes-vous enrôlé dans le bataillon de la Schuma en 1941 comme ils l'affirment ?

— Oui. Je suis arrivé à Kiev en décembre 1941. Je n'ai jamais été officier... À l'époque, je ne servais pas sous les ordres des Allemands, je faisais de mon mieux pour survivre. À l'automne 1942, on nous a chargés de ratisser les environs du camp de Baillekoun et d'y traquer les partisans ukrainiens et polonais...

— Pourquoi l'avoir caché aux autorités canadiennes il y a quarante ans ?

— Ne pas faire le mal est une chose, mais ne pas l'avoir empêché en est une autre... sauf aux yeux des autorités canadiennes de l'époque. En 1961, l'affaire Eichmann avait attisé le besoin de justice, mais vous savez... le besoin de justice est souvent incontrôlable.

— Incontrôlable ?

— Oui, on en veut plus qu'il n'en faut. Enfin ! J'avais vingt-deux ans ! J'étais baraqué. J'étais un Ukrainien de bonne volonté à qui on a désigné des gens comme ennemis de l'État, alors...

— Un État fantoche sous tutelle nazie !

— Les Allemands, au début, c'était notre chance, notre libération des communistes...

— Était-ce une bonne raison pour procéder à un génocide ?

— Pas du tout ! Pas du tout ! Vous n'allez pas écrire ça ? Cette histoire n'a rien à voir avec Auschwitz, enfin..., et puis... non seulement je ne suis pas antisémite, mais...

— Mais ?

— … j'ai sauvé quelques vies à l'époque en Ukraine, parmi lesquelles je sais qu'il y avait un Juif. Le problème, c'est qu'ils ne sont pas là aujourd'hui pour témoigner en ma faveur.

— Pour votre procès en Ukraine, vous pourriez tenter de les faire convoquer.

— Vous croyez que je leur ai demandé leur nom, à l'époque ?

Le vieil homme était soupçonné d'avoir été un des officiers du bataillon Schuma de l'armée ukrainienne, bien connu pour ses « actions punitives ». Les Ukrainiens sortaient d'un entre-deux-guerres particulièrement éprouvant pendant lequel, comme les Slovaques, les Croates et tant d'autres peuples, leur pays avait été phagocyté par plus gros que soi ; dans leur cas, la Russie soviétique. Le ressentiment avait mariné dans l'humiliation. Pour se les rallier, les nazis leur avaient donné la chance de prendre leur revanche sur l'Histoire. Les Juifs étaient responsables de tout et donc de l'Histoire. C'est ce qu'avait doctement expliqué au journaliste le directeur du musée. Krylenko affirmait théâtralement avoir connu une Juive, comme ces racistes qui se vantent d'avoir eu un concierge noir. Il répétait n'avoir été qu'un patriote ukrainien.

— Monsieur, regardez-moi, je suis un vieillard, tout ça, c'est du passé. Et puis, vous savez, notre lutte, c'était un peu comme celle des Québécois.

— Les Québécois n'ont jamais entassé des Anglais dans des camps à Baie-Comeau !

— Il n'y avait pas que des Juifs à Ballekoun ! C'était un camp de prisonniers de guerre, de subversifs…

Krylenko avait hurlé. François songea alors au chef des Serbes de Bosnie, Radovan Karadžić, qui en pleine guerre, lors d'un point de presse en 1993, avait comparé la lutte des Serbes de Bosnie avec celle « tout aussi légitime » des nationalistes québécois. Devant cet amalgame repris par Krylenko, François avait réussi à garder son calme. Contrairement à de nombreux collègues, des années d'entraînement l'avaient immunisé contre l'envie de devenir un acteur de la discussion.

Entre 1941 et 1943, selon le Congrès juif, Krylenko et son bataillon avaient procédé sur une base régulière à des exécutions sommaires et organisé une marche qui se serait soldée par la mise à mort, en forêt de Sarny, de deux mille Juifs et communistes ukrainiens. Il n'existait pas de preuve matérielle de ces faits, mais seulement une photo de Krylenko portant l'uniforme. Cette photo ne permettait pas d'identifier son grade, élément pourtant déterminant dans l'attribution des responsabilités ; il était de profil, ce qui ne permettait pas non plus d'établir avec certitude qu'il s'agissait bien de lui.

Le journaliste faisait face, au mieux, à un vieil antisémite enrôlé jadis dans une sale armée, qui n'avait peut-être pas commis les crimes atroces dont on l'accusait, ou alors à un des liquidateurs du camp de Baillekoun. Le moins lourd de ces deux passés suffisait à faire de lui un salaud. Krylenko réclamait l'indulgence, la possibilité de mourir près des siens. À la fin de leur entretien, François avait pris congé en le remerciant. Au moment de lui serrer la main, il avait eu une hésitation que Krylenko avait remarquée. Pour l'octogénaire, c'était le début de la peste, quoi qu'il arrive. Il le savait.

L'article allait paraître le lendemain et il y avait fort à parier que le doute du chroniqueur-vedette quant à la pertinence de harceler un vieillard emporterait l'adhésion plus aisément que ce que certains lecteurs las percevaient comme un énième récit de la Shoah.

Après avoir consulté ses courriels, parmi lesquels celui du directeur du musée le remerciant de son intérêt, François quitta Montréal en fin de matinée pour profiter du long week-end. Il fonça sur l'autoroute et avala sept cents kilomètres. Ses parents habitaient l'extrême orient québécois que l'on appelle la Gaspésie. Il ne leur rendait presque plus visite. En comptant les deux pauses-café qu'il s'accorda, le voyage lui prit huit heures. Sa mère l'accueillit comme toutes les mères, avec le plat qu'il préférait, un ragoût de cœurs et de gésiers de poulet, et son père avec ses questions habituelles : le boulot ? l'argent ? l'auto ? Ça allait. La conversation s'épuisa en une heure. Il ne leur parla pas de cette nouvelle affaire. S'il avait été chroniqueur sportif, cela aurait été plus facile, mais il ne voyait pas où l'Ukraine de 1943 pouvait se nicher entre la collection d'éléphants en porcelaine de sa mère et la météo répétée comme le supplice de la goutte à la télé criarde de son père devenu dur d'oreille. Il était là. Il était venu pour être là quelques heures, puis il repartirait. Mardi, qui sait, peut-être l'affecterait-on à l'opération Sphinx de la Sûreté du Québec qui ciblait les motards, un sujet plus fédérateur que la Shoah et assurément plus actuel. En attendant, il s'agissait d'être là. Il s'assit près de son père qui venait de changer de chaîne.

— Tiens, regarde les fous de la ville! s'exclama le vieillard.

Un reporter commentait une nouvelle manifestation de Juifs devant l'appartement des Krylenko. Son père s'apprêtait à changer de chaîne, mais il le retint: «Attends, laisse…» Le reportage se poursuivait avec un représentant d'Immigration Canada dont les arguments étaient contestés par l'avocat de Krylenko. Puis François fut surpris de retrouver à l'écran le directeur du musée de l'Holocauste qui expliquait le contexte historique ukrainien au journaliste. Il reconnut la salle et, à l'arrière-plan, le petit carnet. Il n'écoutait plus. Il regardait, troublé. La voix de son père le sortit de sa brève rêverie: «Ils vont-y nous laisser tranquilles avec c't'histoire-là!»

10 septembre 2001

Ce qui est bien dans le New Jersey, c'est la vue. Manhattan est un spectacle qui fait l'unanimité. De son appartement du neuvième, Ruth est aux premières loges. Chaque matin, elle peut croquer des yeux la Grosse Pomme en prenant le thé. Elle vient toutefois d'être interrompue par un coup de fil du concierge :

— Un groupe de cinq, avec des caisses, madame Ruth…

— Oui, oui, l'a-t-elle rassuré, ils peuvent monter.

Elle n'a pas rangé le grand salon où tout doit se dérouler. Ils lui ont simplement demandé de dégager la plus grande pièce. « Il n'y en a qu'une », leur a-t-elle répondu, fière de sa frugalité. Un grand salon sans télévision où s'empilent livres, magazines et journaux, ses autres fenêtres sur le monde. Depuis sa retraite et le début de la solitude, elle vit ici comme un chat qui aime voir le monde de haut. Dans un coin, un petit ordinateur lui permet de vérifier quotidiennement les cotes de la Bourse et l'état de sa retraite. Elle ne s'est pas maquillée, elle n'a rien fait différemment des autres jours. Pourquoi changer la routine ? Ce n'est pas ce matin qu'elle va se mettre à vouloir plaire aux gens ou à faire semblant.

Ils sont arrivés avec leur matériel. Le chef d'équipe, un barbu à l'allure débraillée, lui explique comment les choses vont se dérouler et lui sert la ritournelle préférée des dentistes : vous ne sentirez rien. Ruth n'est pas nerveuse. Une jeune fille, aux manières d'infirmière, ouvre sa trousse. Il y a longtemps qu'on ne l'avait pas maquillée, pense Ruth. Elle, elle ne le fait plus. Depuis l'ablation de son sein droit, il y a quinze ans, ce corps, elle ne fait plus que le tolérer. « Si mes cernes sont de trop, débrouillez-vous, moi je les aime bien, mes cernes. » La jeune fille sourit. « Vous savez, même les mannequins… » On lui offre un café du Starbuck d'à côté et des petits gâteaux. Au loin, Manhattan a l'air d'un paquebot trop bondé qui n'arrive pas à prendre la mer. Ruth adore regarder la ville. Chaque matin, c'est comme une surprise : la ville est là, toujours amarrée.

— Et monsieur Spielberg, il va venir ?

— Non, vous savez, lui, c'est le producteur. Il ne…

— Bien sûr, bien sûr, je ne demandais pas sérieusement… Ça va durer longtemps ?

— Ça dépend de vous !

— Oh, vous savez, moi, je n'y tenais pas, mais bon, il paraît que l'on doit bien ça aux futures générations… c'est ce que vous dites aux vieux pour les convaincre, non ?

— Je ne suis que la maquilleuse.

La jeune femme applique le fond de teint très délicatement. Ruth goûte le plaisir de sentir ces jeunes mains lui masser le visage. Elle lui sourit.

— Comment vous appelez-vous ?

— Sarah.

— Vous êtes juive ?

— Non, Sarah Scott, ce n'est pas très juif…

— Vous êtes très belle, Sarah.

— Je vous remercie, mais c'est précisément ce que je me disais à votre propos.

— Oh ! vous savez, il n'y a pas de « beaux » vieux, il n'y a que la politesse et la pitié pour tourner de pareils compliments à notre endroit.

— Pourquoi dites-vous ça ? Je suis sûre que plus jeune…

— Plus jeune, j'étais à Auschwitz, mademoiselle.

Ruth a dit cela comme on tranche une discussion qui s'éternise. Puis constatant l'effet de sa réponse sur la jeune femme, elle s'adoucit.

— Après, vous savez, nous étions toutes vieilles. Certaines se sont jetées, oui, littéralement jetées sur des hommes ébahis d'être toujours là. Vous imaginez la génération issue de ces unions de somnambules ?

— Et vous ?

— Moi ?

— Oui, vous avez eu des enfants ?

— Oui, mais moi, j'ai épousé un goy pour m'éloigner de tout ça, pour oublier. Oublier, vous savez, c'est quand même rudement utile pour survivre. Pas seulement quand vous avez un tatouage sur l'avant-bras. J'ai des copines qui n'ont jamais quitté Brooklyn et qui ont passé leur vie à oublier.

— Alors, aujourd'hui, vous allez déroger à votre habitude ?

— Oh ! Vous savez, je n'ai pas vu *La liste de Schindler*, mais je suis sûre qu'il y a beaucoup trop de sentiment là-dedans et ça, c'est insupportable pour quiconque a l'obsession de la vérité… Mais qu'est-ce que je raconte ?

— Non, continuez, je vous en prie.

— Ne soyez pas gentille avec moi, je suis une grande fille.

— Non, je vous jure, ça m'intéresse.

— Quoi donc, la vérité ?

— Oui.

— Alors vous êtes une originale… Ce que je veux dire, c'est ceci : ce n'est pas parce que la vérité n'est pas accessible qu'il ne faut pas faire d'efforts pour tendre vers elle. La plupart du temps, les gens se complaisent dans le récit, mais vous savez, par exemple, à Auschwitz, c'était très, comment dire ? mécanique.

— Mécanique ?

— Il n'y avait presque plus de sentiments à la fin. Et ça, c'est la victoire du nazisme. En 1944, alors que tout s'effondrait pour Hitler, dans certains baraquements, le nazisme triomphait.

— Vous voulez dire que…

— … que certaines étaient devenues des louves.

— L'instinct de survie ?

— C'est ce qu'il y a de plus fort ; quand on vous réduit à l'état de survivant, il n'y a rien qui puisse vous raisonner, il n'y a plus de contraintes morales, il n'y a plus qu'un seul but : une tranche de pain supplémentaire, une corvée harassante à éviter, un fond de marmite…

— Et vous ?

— Quoi donc ?

— En êtes-vous arrivée là ?

— Mes parents sont morts trop vite pour que je le sache.

— Je ne comprends pas.

— Vous connaissez Élie Sheinel ? Dans un de ses livres, il raconte comment, lors de la marche de la mort, l'impossible est venu cogner à la porte, en quelque sorte. Cet impossible, c'est lorsque le désir de vivre l'emporte sur l'amour de son père.

Sarah a cessé de coiffer Ruth. Elle a entendu beaucoup de témoignages, mais elle ne s'y habitue pas. Chaque fois, c'est comme si un nouveau sentier s'offrait à elle parmi les innombrables routes que parcourt la nature humaine. De tous les membres de l'équipe, elle est l'éclaireur, la première à discuter, et souvent – mais ça personne ne le sait – celle qui obtient bien davantage que les propos mesurés qui se succèdent devant la caméra de la Fondation pour la Shoah, bien davantage que la trop sage expression du devoir de mémoire qui se met en branle chaque fois, en même temps que la caméra. Le preneur de son vient de faire son entrée et inspecte le chemisier de Ruth. Profitant de l'interruption, car elle sent que Ruth n'a pas tout dit, Sarah lui répète sa question.

— Et vous, Ruth ?

— Quoi donc ?

— Vous, est-ce que vous avez été vaincue ?

On ne lui a jamais posé la question ainsi. Ruth regarde la jeune maquilleuse dans les yeux, esquisse un sourire, puis se lève brusquement. Le preneur de son proteste.

— Vous permettez ? Pour répondre à cette jeune femme, je dois aller chercher quelque chose.

Elle traverse le salon, entre dans sa chambre, ouvre sa commode et enfonce sa main sous une pile de vêtements. Elle revient en se frayant un chemin parmi les fils, serrant entre ses doigts un bout de papier jauni. Elle se tourne vers Sarah avec l'air d'un enfant qui a déniché la carte manquante à sa collection, mais un technicien vient d'allumer les spots. Un autre barbu à l'air studieux s'est installé en face de Ruth. Il potasse ses fiches. On demande à Sarah de se retirer. Elle fait signe à Ruth qui tasse une mèche. C'est parti. « Nous étions une trentaine de mon village... », « ... seules survivantes... », « La sélection avait lieu... », « ... transférées de Birkenau... ». Cette fois-ci, Sarah écoute plus que d'habitude. Jamais elle n'a senti une si vive sympathie pour un de ces survivants. Ruth l'intrigue. Et elle est si belle avec sa chevelure grise et ondulée. À la fin de l'entrevue, pendant que l'équipe range le matériel, Sarah revient près d'elle.

— Vous voulez que je vous démaquille ?

— Non, je veux continuer notre discussion, vous avez droit à une réponse.

— Vous voulez dire que vous n'avez pas tout raconté ?

— Il faut savoir poser les bonnes questions... Et vous savez, Sarah, il faut toujours exiger des preuves.

— Des preuves ?

— Des preuves, des preuves en amour, des preuves en affaires, des preuves, sinon... sinon il n'y a que des mots, vous comprenez. Alors, ai-je une preuve du fait que je n'ai pas été vaincue ?

Au moment où Ruth se prépare à produire cette « preuve », elle est interrompue dans son élan par la sonnerie du téléphone. Sarah l'aide à chercher le combiné dont la sonnerie assourdie provient de la pile de journaux.

— Sous l'*Atlantic Monthly,* lui indique Ruth.

Après quelques mots échangés en yiddish, elle pose la main sur le combiné et s'adresse en aparté à Sarah :

— Je suis désolée, c'est mon petit-fils qui m'appelle de l'aéroport, il part en voyage…

Elle fait signe à Sarah de patienter et reprend sa conversation avec son petit-fils. Pour lui, l'heure du voyage initiatique en Europe est arrivé, le voyage des dix-huit ans. Il ira à Auschwitz bien sûr.

— Je penserai à toi, mamie Ruth…

— Fais attention à toi. Va à Barcelone, c'est plus joyeux, tu verras.

L'équipe plie bagage. Sarah lui laisse ses coordonnées pour qu'elles se contactent plus tard. Elle lui écrit un bref message, puis court à la suite de l'équipe technique qui vient de sortir la dernière caisse.

Après avoir raccroché, Ruth reste là sans bouger. Si ce n'était de cet échange avec la jeune maquilleuse, elle ne retiendrait des dernières heures qu'une sorte de turbulence, d'intermède bavard entre deux silences. Elle se prépare un thé. Le soleil déclinant embrase Manhattan. Elle jette un coup d'œil au papier sur lequel Sarah a griffonné. « Chère Ruth, nous tournons tôt demain matin dans un bureau du World Trade Center. Je serai libre vers 10 h. Que diriez-vous de prendre le thé au restaurant du 106e, la vue est magnifique ! Vous me devez une réponse. »

Ruth n'a pas eu le temps de montrer à Sarah le bout de papier qu'elle est allée chercher dans sa chambre. Avait-elle été vaincue ? La réponse est là, sur ce papier jauni. Le soir du 21 décembre 1944, elle avait noté nerveusement, sur cette retaille du papier qui avait servi pour la fabrication du carnet, les mots qu'elle avait écrits dans le carnet de Klara. Elle avait voulu se les souhaiter à elle-même. Elle aussi espérait atteindre ses vingt ans.

Demain, elle se rendra au rendez-vous, elle reverra Sarah pour lui montrer ce vieux souhait écrit par une jeune condamnée : « En ce jour de tes vingt ans, garde espoir. La vie est plus grande que tout le malheur du monde. » Il fallait donc qu'elle soit très grande. Ruth regarde vers New York. Dans le ciel impeccablement bleu, les tours du World Trade Center se détachent plus nettement que d'habitude. La vie a-t-elle été assez grande ? « Oui », se dit Ruth à haute voix.

Ruth et Klara work ensemble

apprend une chanson allemande

Ruth p. 37 → se les souhaiter à elle-même

5

La fiction de l'hiver se projetait sur l'immense fenêtre du salon. La blancheur de janvier transformait Montréal en décor de royaume fictif. Sur des sentiers mal taillés, dans la neige brunie par le calcium, des princes aux longues oreilles de laine côtoyaient des duchesses informes, mais parfaitement emmitouflées. L'hiver achevait de retirer le Québec du reste du monde ; de l'Histoire, c'était déjà fait. Les exaltations nationalistes semblaient lointaines déjà ; plus personne ne défilait dans les rues ou ne chantait sur la montagne. On tentait ici de ne plus être tenaillé au ventre par ce souci d'une « âme française en Amérique ». Le Montréal politique du « Québec libre » était redevenu cette Hochelaga commerçante de l'origine, un lieu, une géographie. Par la force des choses, deux référendums perdus, la frénésie des affaires et des festivals, le souci matériel ainsi que la fin des épiphanies collectives, la grenouille avait cessé de vouloir être bœuf. Il fallait laisser l'Histoire aux autres. Le logo du club de hockey local arborait ce *H* qui rappelait que les Canadiens français avaient été les habitants d'un territoire plus que les acteurs d'une histoire. Et le territoire était blanc ; janvier lui redonnait sa virginité, son innocence.

François jeta un coup d'œil dehors. La chute de flocons épais et lourds, irrégulièrement ramenés vers le ciel par un vent anarchique, semblait être le seul mouvement en ville. Personne ne déambulait dans les rues, quelques rares autos emportaient, telles des fourmis industrieuses, des rectangles de neige accumulée sur leur toit vers des destinations secrètes. C'était à s'étonner qu'un journal puisse être publié dans ces conditions. Pour dire quoi ? Qu'il ne se passait rien ? Montréal serait sûrement, en cas de fin du monde, un des derniers refuges. C'était un endroit que la guerre pouvait oublier, cette ville dont on disait qu'elle avait été un « havre pour les rescapés de l'horreur ». François déposa son café sur la table, ouvrit son ordinateur portable, puis il cliqua sur le serveur et commença à circuler dans le monde. Au bout d'un moment, la tranquillité comateuse de la ville fit place à l'Histoire surgie d'Internet, abondante et luxuriante : la Somalie s'enfonçait, l'Ossétie se battait, le pape se soignait et on tuait du Yankee en Afghanistan.

Dans ce défilé du monde, un titre attira son attention. En un petit clic, il vit, sous une autre neige, plus fine que celle de Montréal, quelque part au cœur de l'Europe, des silhouettes qui avançaient en silence vers un mur fleuri ; on commémorait quelque chose. Près de ce mur, l'Armée rouge avait été réellement libératrice. Ils étaient tous là, à nouveau, tous ceux qui avaient survécu, tous « les acteurs de l'époque » selon la formule convenue du commentateur. Certains avaient même enfilé l'uniforme rayé des anciens détenus du célèbre camp. François regardait ces fantômes du passé marcher dans la grisaille polonaise. Pour lui, cela évoquait une époque si lointaine qu'elle était devenue ce que le cinéma en avait fait. Pour comprendre Auschwitz, il fallait de l'imagination. Comme il en fallait pour se sentir proche d'un Arménien qui s'enfuit de Turquie en 1916, d'un Noir du Mississippi qui implore en 1955 ou d'un Juif qui se dénude en 1943. Il fallait cette imagination du cœur qui vous rend perméable aux destins humains « à travers les âges » ; cette imagination qui fait de vous un membre de l'espèce humaine baignant dans le continuum, réactif et compatissant…

L'image retransmise datait d'aujourd'hui, mais le décor était toujours celui de 1945 : gris, humide, un peu laiteux; le spectateur cherchait en vain une frontière entre le ciel et ces ruines sinistres. N'était-ce pas ainsi que les choses s'étaient passées ? Le ciel qui n'existe plus, rabaissé, ramené à la seule fonction de tapis aérien sous lequel on balaie les cendres humaines ? L'Armée rouge, qui avait « libéré » tant de peuples, était représentée par quelques officiers dont la poitrine bardée à la soviétique ne suffisait pas à accrocher toutes les médailles. Les représentants des gouvernements polonais, allemand, français, anglais, américain se succédaient à l'écran. Tous disaient le malheur infini, la limite atteinte, le mal absolu… Un survivant prit aussi la parole. Le vieil homme arborait le triangle brun des Tziganes. Sa voix nasillarde ajoutait à l'émotion. Il disait qu'il n'y avait pas de Juifs, de communistes, de Polonais, de Tziganes à Auschwitz. Il insistait : « Il y avait des êtres humains, qui se sont acharnés à le demeurer, malgré tout… » François ne put réprimer un rictus. Les propos du Tzigane l'irritaient. Que voulait-il dire ? « Demeurer un être humain, malgré tout » ? Il n'aimait pas l'imprécision.

Concrètement, à Auschwitz, en 1943, qu'impliquait donc « demeurer un être humain » ? Le Tzigane avait sûrement des exemples précis. Ceux que l'on peut tous imaginer : un bout de pain offert à un codétenu affamé, un soutien illicite offert à un camarade au bord de l'effondrement, du sang frotté sur la joue d'une copine trop blême, menacée par la sélection ; bref, autant d'exemples qui avaient été mis en scène dans d'innombrables et très édifiants téléfilms. Être « humain », c'était être tellement de choses. « Y compris un nazi… », pensa-t-il.

Une dame s'approcha du micro. La voix tremblante, ses premiers mots avaient de quoi surprendre :

— Pour nous, ce lieu est sacré…

François resta un moment accroché à son visage, sans écouter ses propos. Quel âge avait-elle lorsqu'on lui avait tatoué un numéro sur l'avant-bras ? Seize ans ? Dix-sept ans ? La terre qui accueille les corps d'anciennes camarades est bien sûr un lieu sacré, comme le sont tous les cimetières. Elle termina son discours en évoquant le soutien aux camarades, le soutien moral, la vie qui plie sans se casser. François songea au petit carnet. Pour combien de ses signataires Auschwitz avait-il été un cimetière ? Le téléphone sonna. C'était le journal. On lui annonçait que la déportation de Krylenko était imminente et qu'il devait se remettre sur l'affaire dès le début de l'après-midi. Il raccrocha après avoir confirmé qu'il s'en occuperait. Il ferma son ordinateur et fit taire l'Histoire. La tranquillité montréalaise reprit sa place, toute la place. Oui, le siècle précédent était une fiction que d'autres s'affaireraient à raconter. Mais combien d'événements de sa propre vie étaient en train de se transformer en récit, de perdre leur matérialité, parce qu'il n'y avait plus d'odeur, plus de voix, plus de douleur, parce que les photos avaient été égarées, parce qu'il n'y avait plus de traces, parce que la mémoire était encombrée par l'inessentiel ? Si l'oubli était une loi implacable, à quoi bon s'agiter ? Montréal disparaissait peu à peu derrière le rideau de flocons. Il s'endormit en lisant. Il avait utilisé, en guise de signet, la carte que lui avait remise le directeur du musée de l'Holocauste.

À son réveil, il avala rapidement un café et appela un taxi. Quelques minutes plus tard, à bord de l'auto, il baissa la fenêtre pour que le vent froid achève de le réveiller. La neige. Il avait l'impression que cette neige était le lien entre les images apparues sur son ordinateur et ce reste de Seconde Guerre mondiale vers lequel le chauffeur l'emmenait.

Arrivé chez Krylenko, François put constater que l'expulsion d'un présumé criminel de guerre était aussi populaire que celle d'une famille africaine. Deux chaînes de télévision et les principaux journaux avaient dépêché leurs équipes pour croquer ce moment rare d'une vieille Europe grincheuse et haineuse qui devait retourner chez elle. L'État canadien appliquait sa loi. Le vieillard l'avait transgressée en cachant sa véritable identité et, surtout, en ne prouvant pas qu'il avait agi par nécessité. Le ministère avait démontré que l'enrôlement dans ces bataillons nationalistes en 1941 n'était pas une question de vie ou de mort pour un jeune Ukrainien. Des documents confirmaient les manœuvres du bataillon de Krylenko près du camp de Baillekoun à l'époque où avait eu lieu le massacre.

François tenta de s'approcher pour apercevoir Krylenko. À ce moment précis, il se souvint de la force avec laquelle le vieil homme avait insisté, lors de leur rencontre, à propos de cette improbable action rédemptrice. La conviction avec laquelle Krylenko avait affirmé avoir sauvé un Juif l'avait troublé. Il avait été secoué par ce moment où le futur ex-Canadien avait crié, puis pleuré. On se sent toujours indécent lorsqu'un vieillard pleure devant nous, mais la rage de l'homme lui avait paru sincère, même s'il savait se méfier de la part de comédie qui pollue parfois le plus vrai des désespoirs. Ces pleurs étaient peut-être le plaidoyer d'un homme sans grand sens moral, qui espérait qu'on en mette un peu à son crédit. Il fallait sûrement beaucoup de courage en 1960 pour défendre les Noirs du Mississippi quand on était un Blanc. Il fallait du courage en 1938 pour défendre les Juifs quand on était Allemand. Il fallait du courage en 1942 quand on était Ukrainien et qu'on avait macéré dans l'anticommunisme pour ne pas prendre l'uniforme du ressentiment. Krylenko avait-il été courageux? Pas du tout? Un peu? Parfois? Toujours? Sûrement pas? Jamais? Qui pouvait l'affirmer?

Des amis du vieil homme attendaient avec la mine implorante des protecteurs de l'agneau. Certains jetaient un regard dédaigneux vers François et ses collègues. Il était évident que leur ami Krylenko avait été sacrifié sur l'autel d'une mémoire zélée et vindicative. Certains avaient même en poche l'article du chroniqueur-vedette du journal de François, celui qui doutait de la pertinence d'une punition si tardive. Krylenko apparut enfin sur le seuil de son logement. À l'intérieur, François distinguait ses enfants et sa femme, éplorée. Le vieil homme avait les yeux rougis et portait une chapka. Les photographes captèrent le moment. Le chapeau ferait une belle image. Ses amis lui lancèrent des mots d'encouragement alors qu'il se dirigeait vers la fourgonnette venue le cueillir. Il avait déclaré qu'il ne se rendrait pas à l'aéroport sans y être conduit de force. Il reconnut François et bifurqua vers lui.

— Vous êtes venu voir mon exécution ?

— Je suis venu voir comment ça se passe.

— Ça se passera bien, monsieur le journaliste, ça se passera bien. Que voulez-vous qu'il arrive ? Qui pourrait se lever pour prendre la défense d'un vieil Ukrainien, hein, dites-moi ? Comme il paraît que je ne suis plus Canadien...

— Vos amis sont là, monsieur Krylenko...

— Monsieur, j'ai trois enfants et sept petits-enfants à qui j'ai dû dire adieu... Vous savez ce que ça veut dire de mourir avant de mourir ?

Il se tourna vers les caméras.

— Je suis Canadien. Je n'ai rien fait de mal, sinon d'être venu ici chercher la paix. Et voilà ce que ce grand pays fait de moi. Il met à la porte un de ses citoyens. Et vous, vous trouvez ça normal ?

Krylenko se retourna une dernière fois vers François.

— Vous n'avez plus de questions, monsieur le journaliste ?

— Je vous souhaite bon courage. Il semble que, même tardivement, il faille payer pour ses fautes.

Le vieillard le fixa d'un air sévère. On pouvait imaginer la dureté du jeune soldat. On aurait cru qu'un cri allait sortir, mais il dit calmement :

— Il y a une question à laquelle vous devez tous répondre : qu'aurais-je fait à sa place ? Aurais-je menti aux gens de l'ambassade canadienne à Paris en 1961 ? Me serais-je engagé en 1941 ?

Il hésita, puis ajouta :

— Et il y a une autre question, à laquelle vous devrez répondre un jour : et si Krylenko avait dit la vérité ?

— Monsieur, je ne réponds pas aux questions. Je les pose.

Un agent de la GRC lui intima l'ordre de monter à bord de la fourgonnette. Sa femme l'accompagnait ainsi qu'un de ses fils. Les agents se firent bagagistes sous une pluie d'insultes. Le véhicule démarra tandis que les amis de Krylenko compliquaient la manœuvre. Quand il passa devant François, Krylenko l'ignora ostensiblement en regardant droit devant lui. Au journal, on choisirait la photo prise à ce moment précis ; le profil du banni. Ainsi se terminait l'épisode québécois d'une vie ukrainienne. La fourgonnette disparut, visée par les rafales des caméras.

Il était 14 h. François retourna au journal et rédigea, songeur, l'épilogue de cette histoire importée d'Europe. Puis il rentra chez lui en réfléchissant pêle-mêle à l'Ukraine, à la vieillesse de ses parents, à la solitude, au classement du club des Canadiens de Montréal, à la volatilité de l'actualité et au contenu de son frigo. Après s'être préparé un maigre sandwich, il s'assit et reprit le livre abandonné quelques heures plus tôt. La carte du directeur du musée glissa sur sa cuisse. Il la replaça entre les pages et referma le livre. La nuit de janvier, une nuit précoce et féroce, grignotait déjà la lumière. L'oreiller de neige, percé et secoué depuis le matin sur la ville, semblait vidé. Seules quelques plumes voltigeaient encore. Il songea à la neige d'Auschwitz.

6 janvier 1945

DEUX JEUNES PERSONNES courent dans la forêt de Birkenau. Les arbres, encore trop espacés, forment à peine un châle pour celui qui aurait besoin d'une couverture, une lisière désespérante, une première étape interminable avant la forêt, celle, assez dense, qui permettra de se dérober. La forêt, la vraie, Cesia en aperçoit le rideau plus opaque là-bas, à quelques centaines de mètres. Est-ce bien elle qui est là, en train de courir ? La vie. Elle a oublié. L'excitation, cette sœur de la peur. Oubliée aussi. Elle a oublié que le pouls accéléré peut être autre chose que ce derrick puisant la bile, que ce sang qui circule en elle peut ne pas se glacer, elle a oublié que la paupière peut se relever sur autre chose que la puissante déception de son inexistence. Elle a oublié. Sa tunique rayée se déchire contre les branches. A-t-elle vu de la fumée monter au loin ? Est-ce encore possible, de la fumée qui réchauffe le cœur ? Alors que 24 458 progresse, haletante, entre les bouleaux, Cesia Brosnik remonte en elle comme le mercure sous le soleil. Elle recommence à être. Cela dure depuis cinq minutes, dix… Combien ? Combien de temps faut-il pour redevenir soi ?

Cet ébranlement, cet inattendu chorégraphié par un génie ivre, c'est son repas du condamné. Cesia a dix-huit ans, six mois et six heures. Elle se doute bien que 99,99 % de son temps est consommé. Elle sourit pourtant, car on ne retrouve pas la vie sans sourire. Quand il y a autant de ferveur dans la fuite en avant, il ne saurait y avoir d'arrière-pensées. Judl. Où est-il? Elle n'arrive plus à le suivre. Tout à l'heure, lorsque la panne de courant est survenue après le passage des bombardiers soviétiques, certains prisonniers sont sortis des baraquements alors que les loups se terraient momentanément. Il lui a fait signe et a crié son nom. Impossible d'imaginer ce que ça provoque de soulèvement que d'entendre son nom prononcé amoureusement pour la première fois depuis un an. Ça vous fait courir dans une forêt. Et Cesia court, certes plus lentement depuis quelques minutes, mais elle court toujours. Elle pourrait presque croire que le numéro tatoué sur son bras va s'effacer… Que de derrière chacun des arbres surgiront Bronia, Mina ou papa Victor.

Le visage du squelette animé qui progresse dans la forêt de Birkenau est bien celui de la choriste des copains de Lodz, «La terre est mon berceau… mon berceau…», la réserviste du club de natation, la pianiste de la famille Brosnik, la jeune femme sensuelle et frondeuse qui dépucela un Judl abasourdi de nudité, un soir d'été, il y a trois ans. Elle s'érafle en tombant et la douleur est bonne. Elle n'est plus nerveuse, elle n'a pas peur. La dernière fois qu'elle a eu peur, c'était il y a deux semaines, le jour de l'anniversaire de Klara, lors d'une sélection pour l'infirmerie, celle où Vera, la petite Tchèque, affolée, a été dirigée vers la droite. Il fallait aller à gauche. Tout le monde le sait. Vera le savait. Cesia alors a été surprise de sentir des larmes couler, surprise qu'il lui reste des larmes. Mon Dieu, comme tout ça est vite devenu du passé. Le temps ici est celui des chats, un temps exponentiel. Il y a deux semaines, Vera s'est envolée par la cheminée du seul crématorium encore fonctionnel. Et là, maintenant, elle, Cesia, court dans une forêt. Une jeune femme vieille de partout, sauf de son sourire, une jeune vieille court. « Cesia, allez, Cesia, dépêche-toi, je t'en prie ! » Judl a ralenti, il l'attend. Un peu plus et elle s'arrêterait pour sentir l'écorce ou boire un peu de neige. Pendant l'alerte, tout à l'heure, elle n'a pas regagné son bloc. Avec Judl, ils ont profité de la coupure d'électricité pour déchirer la toile de l'araignée, pour franchir les barbelés. Cesia lève les yeux. Dans le ciel, au loin, les bombardiers de l'Armée rouge retournent vers leurs lignes amies.

Mais l'araignée est toujours vivante. Cesia est une mouche dopée à l'espoir. Elle ne regarde pas en arrière d'où fusent maintenant les cris et les aboiements. Cette course entre les bouleaux de Birkenau, oui, c'est son dernier repas. Comment est-ce possible ? Comment la brillante étudiante en mathématiques de Lodz en est-elle arrivée là, à courir, décharnée et souriante ? Ça y est. Entre les bois gris, l'écorce jaunâtre et la neige éclatante, des taches sombres se meuvent. Judl insiste : « Allez, Cesia, allez... » L'araignée est là, toujours aussi efficace. Elle s'approche sans se presser. Que pensait donc Cesia ? Qu'elle irait frapper à une porte : « Bonjour, pourrais-je me reposer chez vous, je m'évade d'Auschwitz... » ? Ils n'ont pas besoin de tirer. Ils s'approchent en discutant. Ils rient. Cesia se concentre. À chaque pas, elle entame de nouvelles secondes de liberté, encore inimaginables la veille. Plus elle ralentit, plus elle regarde les bouleaux, leur écorce, leur hauteur, leurs branches ; toute cette réalité banale, consommée d'un coup, dans cette fuite, a le charme inédit d'un décor magique. Les cris se rapprochent. L'odeur, le grognement des chiens. Ça y est. Déjà ? « Il n'y a même pas de quoi violer ! » ricane un des SS. Ils la traînent. Pourquoi ne l'exécutent-ils pas là, pourquoi se donnent-ils tout ce mal ? Il faut en garder un vivant. C'est leur viande pour l'exemple. Judl est à leurs pieds. Un homme sans visage lui enfonce son luger dans la bouche. Ils la forcent à regarder. Il ne tire pas. Ils rient. Il tire.

Cesia Brosnik est déjà à moitié morte lorsqu'elle monte sur la potence plus tard cet après-midi-là. Elle pèse trente kilos. Vingt-quatre jours plus tôt, le 21 décembre 1944, elle avait écrit deux petites phrases sur un bout de papier qui constitueraient la seule trace matérielle laissée par elle en ce bas monde. Au moment de l'exécution, elle n'y va pas du slogan convenu : Vive la liberté ! Elle dit d'une voix assez forte une comptine que lui chantonnait sa mère : « Pleure quand tu es seule, ris parmi les autres, sois légère quand tu danses, mais jamais dans la vie. » Les prisonniers sont forcés d'assister au spectacle. Parmi eux, aux premières loges, Klara Granovski reconnaît le texte écrit dans le carnet qu'on lui a remis pour son anniversaire. Elle tente de ne pas broncher et cherche les yeux de Cesia. Le bourreau pousse la condamnée. Ses jambes entament une gigue macabre. Elle est si légère. Son père, qui assiste à la scène, sort du rang et se met à crier. Il tombe aussitôt sous les balles. Certains ont dit qu'ainsi il avait tenté de précéder sa fille dans la mort. C'est ce que nous voulons tous. Précéder nos enfants dans la mort.

7

Le journal était sectionné en «cahiers spéciaux» où des «enquêtes exclusives» servaient à convaincre le lecteur de l'envergure de sa lecture; des cahiers sur la rénovation des maisons, les signes de mutinerie chez l'enfant, l'importance des légumes jaunes dans l'alimentation des sexagénaires, les formidables montagnes de Nouvelle-Zélande, le compostage urbain et l'écologie en général. Dans la plupart des cas, l'exclusivité était relative. Les noms de ces cahiers, Actuel, Week-end, Vert, Plein air, avaient été choisis pour faire consensus parmi les lecteurs : tous aimaient que leur week-end soit vert ou actuel. Il aurait été inconvenant de chercher à y caser une enquête sur un carnet fabriqué à Auschwitz. François ne se faisait pas d'illusions, pourtant il n'arrivait plus à chasser l'objet de son esprit. Le carnet était l'autre face d'une seule histoire; l'affaire Krylenko en était la face sombre et banale en quelque sorte. François savait que cette belle histoire du carnet ne trouverait pas preneur et ce n'était d'ailleurs pas le journaliste qui retournait ce matin-là au musée de l'Holocauste; c'était l'homme songeur que l'actualité ennuyait. En téléphonant au directeur, il avait émis le désir d'en savoir plus, tout en restant évasif quant à la publication éventuelle d'un article. Il savait qu'un homme curieux obtient moins qu'un journaliste. Tel qu'il en avait formulé la demande, l'archiviste lui présenta les fac-similés des pages intérieures du carnet. Le directeur, peu habitué à voir revenir un journaliste, ne parvenait pas à contenir ses espérances.

— Mais dites-moi, ce serait pour votre journal ?

— Peut-être, je ne sais pas. Disons que j'ai envie d'enquêter.

— Comme ça, simplement par…

— Comme ça, oui.

Il répondait avec le ton ferme de celui qui n'avait pas envie de promettre. Un petit musée peu fréquenté avait bien sûr besoin de publicité. Un article sur un de ces artéfacts dans le journal le plus lu en ville serait une aubaine inespérée. Le directeur n'insista pas et lui remit une chemise jaune sur laquelle était inscrit : « N. 453. Carnet de vœux. »

— Qu'est-ce que c'est ?

— À chaque objet de ce musée correspond une fiche. On y trouve toutes les informations sur sa provenance, le donateur, son histoire.

Il en sortit une petite fiche cartonnée qu'il lui tendit.

Pièce 453. 4 cm × 7 cm dans sa partie la plus large. Tissus, feutre, papier. On trouve à l'intérieur douze vœux d'anniversaire et un texte non signé. Petit carnet reçu par Klara Granovski, jeune Juive polonaise, le 21 décembre 1944, pour célébrer ses vingt ans.

Source : Dana Brenner

— Dana Brenner ?

— Oui, la fondatrice du musée et sa première conservatrice.

— Mais alors, ce n'est pas cette Klara qui...

— La Klara en question, je ne sais pas si elle vit toujours ni où elle serait. Cet artéfact a été intégré à la collection par madame Brenner elle-même.

— Et où peut-on la trouver ?

— Elle vivait à New York. Elle est décédée il y a deux ans, quelques mois après l'inauguration de nos nouvelles installations.

— Il n'y a donc personne qui puisse me parler de ce carnet ?

— Je ne vois pas, vous savez, je ne suis ici que depuis peu...

— Oui, bien sûr.

Le jeune directeur était vexé. Il dirigeait le musée depuis moins d'un an et sa tâche relevait plus de la recherche de financement que de la muséologie. Les donateurs, pour l'essentiel les riches familles juives de Montréal, n'avaient pas besoin qu'on déniche les sources des artéfacts pour dénouer leurs goussets ; il suffisait que le musée fasse parler de lui et qu'à la surface de la vie civile commune la mémoire de l'Holocauste surnage malgré la fatigue de l'Occident quant à la douleur juive, malgré la puissance d'Israël qui faisait, trop souvent leur semblait-il, les manchettes. Il offrit au journaliste de s'installer dans la salle de conférences où il pourrait consulter le dossier du « cœur d'Auschwitz », ainsi que l'on désignait le carnet.

L'archiviste du musée avait étalé les fac-similés des pages intérieures sur la table. Une fois déployées, elles formaient un trèfle. François constata que, pour celle qui l'avait fabriqué, ce carnet avait d'abord été un exercice d'origami. On pouvait lire le nom de cette Klara au début de tous les messages. Certains étaient brefs, la plupart ne comportaient que quelques phrases écrites en polonais. François tenta de lire un des rares textes écrits en français: «Yeux bleus, lèvres rouges, peau blanche...». De la dernière ligne il ne put lire que: «sorte de couleurs». Des prénoms s'offraient à lui. Simone, Hanka, Edith, Cesia, Guta, Ruth... Une douzaine de femmes. L'archiviste ignorait si les textes en polonais et l'unique texte en allemand avaient été traduits. Ils avaient été tracés avec une sorte de fusain, certains étaient en partie effacés. L'autre message en français était mieux conservé: «Chère Klara, il faut que tu vives et que tu aies des enfants, que tu revoies le soleil, que...», le reste était illisible. C'était signé: Rachel. François s'en doutait bien: chaque lettre, chaque mot avait d'abord été un acte de révolte. Il songeait aux chiffres tatoués d'Auschwitz, et les imaginait sur l'avant-bras d'une femme écrivant «il faut que tu vives...». Il tenta de ne pas laisser l'admiration empêcher les questions, et une en particulier s'imposait:

— Comment ont-elles pu fabriquer ce carnet?

— Voler du papier à Auschwitz, je vous le rappelle, était passible de mort.

— J'imagine que beaucoup d'actions étaient passibles de mort là-bas.

— Oui, mais ce carnet est une chose étonnante, car il leur a fallu non seulement voler les matériaux pour le fabriquer, mais aussi, précisément, le fabriquer. Regardez...

L'archiviste lui montra le fac-similé où l'image du *K* brodé était agrandie. Il avait fallu de toute évidence faire preuve de courage, mais aussi d'habileté. Le troisième texte en français disait: «Ne perds pas espoir. Survivre, ce sera gagner. » Une écriture discrète et fine qui semblait tracée par une bonne élève. « Survivre, ce sera gagner. » Cette Simone vivait-elle toujours ? Avait-elle pu prouver la justesse de son équation ? Les lettres minuscules couvraient les pages avec économie. Une certaine Zlatka avait écrit trois mots en appuyant fort : *Wolność! Wolność! Wolność!* Même sans connaître le polonais, François imaginait aisément que cette répétition n'exprimait pas un simple vœu d'anniversaire. En quelques minutes, il put disposer d'une galerie de personnages : une Zlatka à l'écriture robuste, une Mina un peu brouillonne, une Hanka K. en lettres détachées, apparemment joueuse, une Simone sage et logique, une Lena évanescente, une Esther appliquée, et d'autres encore, toutes présentes à leur manière dans ce drôle de cœur aux oreillettes pleines de « joyeux anniversaire » et autres vœux pour l'instant encore incompréhensibles pour qui ne lisait pas le polonais.

L'archiviste déposa devant François le fac-similé du texte non signé. « Le treizième texte », dit François à voix basse. Il ne put s'empêcher de sourire, en se rendant compte qu'il avait soudain pris le ton d'un enquêteur de série B.

L'écriture était très fine et tremblante, et le texte, plus long que les autres. De nombreuses taches couvraient une partie du texte. Il eût été oiseux d'émettre des hypothèses. L'archiviste lui promit les traductions le plus tôt possible. François repartit avec un lot de copies des fac-similés et rentra au journal où le travail, le vrai, l'attendait. Il trouva un message : un certain M. Vilinski de Tel-Aviv avait téléphoné.

liberté en polonais

20 mai 1985

C'ÉTAIT COMME SI L'AÉROPORT Pearson s'était vidé d'un coup de son flot humain. Elles sont restées seules et silencieuses. Cela fait dix ans qu'elles ne se sont pas vues. Hanka s'approche de Bronia et prend son visage entre ses mains.

— Alors, il te faut un fils installé aux États-Unis pour enfin venir me voir?

— Tu peux parler, toi qui rêvais d'Australie, on ne peut pas dire que tu réalises ton rêve très souvent!

Elles marchent lentement vers la sortie. Deux sexagénaires. Elles se connaissent depuis l'enfance. Avant la guerre, parmi les socialistes du Bund de Bialystok, elles formaient avec Klara un trio inséparable. À Auschwitz, quand Hanka les avait retrouvées, elle avait cru pendant un moment éprouver du bonheur, cette sensation disparue depuis la première déportation. Dès le premier jour à l'atelier, elles s'étaient retrouvées toutes les trois aux toilettes. Bronia lui avait pris le visage entre ses mains et l'avait regardée droit dans les yeux. «Tu te souviens de notre credo au club jeunesse du Bund avec Klara, tu te souviens?» Ensemble, elles avaient récité «Chance, joie, liberté!» Bronia leur avait déclaré, comme si ce n'était qu'un détail: «Vous voyez, là, en ce moment même, il ne manque que le troisième mot.»

L'auto file sur une bretelle d'autoroute avant de s'engouffrer dans une des banlieues tentaculaires et cossues de Toronto. Bronia ne reconnaît plus la ville.

— On se croirait à New York. Dis-moi, Hanka? Tu es toujours en contact avec Ruth?

— Oui, elle enseigne à l'université Columbia. Elle est venue me voir il y a un an. Elle a de beaux enfants. Mais…

— Quoi?

— Cancer du sein.

— Tu sais, ça se soigne, et puis elle en a vu d'autres.

— Oui, enfin, j'ai eu le sentiment qu'elle était fatiguée.

Elles s'immobilisent devant une maison bourgeoise du quartier Hillcrest. Bronia ne descend pas. Hanka fait le tour de la voiture, se penche à sa portière et attend sans rien dire. Bronia lui parle en continuant de fixer le coffre à gants.

— Je pense encore souvent à notre Klara.

— Moi aussi.

— Tu sais qu'à Montréal, Dana va exposer le carnet dans son musée?

— Oui. C'est étrange, non? Que… que ça devienne un objet de musée.

— Pour Klara, c'était devenu la chose la plus précieuse.

— Et alors?

— Alors, je ne crois pas que ce soit une bonne idée d'en faire un objet de musée.

— Je sais qu'au début Dana ne voulait pas, mais il y a quelques mois, elle m'a téléphoné pour m'annoncer que finalement le carnet serait de l'exposition. Elle m'a même dit qu'elle allait l'isoler dans une vitrine. Elle a même ajouté « Ce sera notre Joconde ! »

— Une Joconde, elle a dit ça, vraiment ?

Dans le salon, Saul, le mari de Hanka, a déjà disposé les apéritifs. À l'arrivée de Bronia, leur fille Lainie s'est ruée vers elle en l'appelant « tante ». Un temps engourdies dans le souvenir de Klara, les deux anciennes de Bialystok se remettent au bilan. Hanka est grand-mère depuis un an. Bronia, depuis déjà 10 ans. Oui, ce fut difficile après la mort de son mari. Non, elle n'a jamais voulu « trouver quelqu'un d'autre ». Hanka a cessé de donner des cours de piano. Oui, elle joue encore le répertoire polonais ! L'allemand, ce n'est pas possible. Oui, c'est un peu dur, car Chopin ne lui fera jamais oublier Beethoven. Bronia, elle, ne joue plus. « Mes doigts sont restés là-bas, tu le sais bien. » Les photos sont étalées, contingent d'images à la rescousse de l'oubli, des photos, encore des photos sans lesquelles l'anéantissement qu'impose le temps, implacablement, serait trop évident. Elles regardent les bébés, revoient les mariages, jouissent des preuves d'une illusoire permanence, puis, la fameuse photo de Dana prise par un soldat soviétique le 6 mai 1945. Dans ses mains, elle serre le carnet de Klara.

— Tu te souviens, Hanka ?

— Comment oublier ?

— Tu te souviens de notre surprise quand Klara a brandi le carnet juste avant d'arriver à Ravensbrück, je n'arrivais pas à croire qu'elle avait pu être assez folle pour l'emporter avec elle.

— Elle l'avait glissé sous son aisselle… pendant la marche. Dans les convois, c'était plus facile de le cacher.

— Elle disait « Je vous garde avec moi, c'est pratique », elle disait toujours « c'est pratique », tu te souviens ?

— Klara aussi rêvait d'Australie, Bronia. Elle voulait partir le plus loin possible. Et puis… toujours ces comptines qu'elle aimait tant. Un soir, à la fin du quart de travail, elle a commencé à en inventer une avec des kangourous…

— À l'évacuation, c'était un peu le bordel, mais s'ils l'avaient trouvé… On y serait toutes passées. Tous nos prénoms, c'était comme une liste noire.

— Et le soldat soviétique, tu te souviens, il croyait que c'était une boîte de chocolats. « Je vais vous en chercher d'autres, mesdames. » Je m'étais presque évanouie ! « Mesdames. » En vingt-quatre heures, nous sommes passées de merdes à mesdames.

— Tu parles ! Tu n'arrêtais pas de répéter : « Comme il est sale ! »

— C'est vrai qu'il était sale, mais je l'aurais bien lavé !

— Tu n'as jamais été sérieuse, Hanka.

— Je le suis devenue, ne t'en fais pas.

— Justement, c'est ça qui m'inquiète…

— Ça y est ! Je m'en souviens… « Saute, saute, petite Klara. Un, deux, trois, te voilà en Australia ! » J'avais signé Hanka K. pour kangourou ! C'est vrai, je n'étais pas sérieuse…

Elles rient et s'enfouissent dans les souvenirs tandis que Saul s'active à la cuisine. La Shoah est terminée. Des famines ont sévi, des Cambodgiens sont morts, des Coréens, des Vietnamiens, des Sud-Africains… Pour des raisons différentes. Mais la mort les rend égaux au bout du compte. Nous en sommes à Shoah + 40.

En 1945, Hanka avait eu une trop grande ration d'Histoire. Elle traverserait le reste sans appétit, gavée d'un malheur qui la rendrait insensible à la rumeur persistante des autres événements, petits ou grands. Elle ne serait plus dans le monde, elle ne serait plus sur la Terre ; elle serait dans une cuisine avec un enfant qui mange ou dans un jardin avec un enfant qui court. Le biberon donné à Lainie, cette normalité, bouleversante au début, serait la seule expédition souhaitée dans le seul monde souhaitable ; celui où l'on répète sans cesse « maman ». Bronia, elle, avait reconnu ce passé, accepté qu'il soit son passé. Elle avait dompté la bête et avait choisi le silence complet. Il ne fallait pas s'en approcher. C'était un trou noir qui aspirait tout, y compris les rires. Il fallait encore moins l'exposer dans un musée.

— Hanka, ça me fait bizarre tout de même de savoir que le carnet de Klara devient une pièce de musée…

— Oui, je sais.

— C'est étrange que tout ça devienne quelque chose… d'exemplaire.

— Tu sais, Klara aurait voulu…

— Qu'en savons-nous ? Qui sait ce que Klara aurait voulu ?

— Mais nous savons ce que Klara voulait, Bronia !

— Pardonne-moi, oui, je sais bien…

— Dana a bien fait d'ailleurs. Oui, elle a bien fait.

Après avoir prononcé ces mots, Hanka reste songeuse un moment, puis fait signe à sa fille de servir l'arak. Elle prend la main de Bronia.

— Et toi, tu te souviens de ce que tu as écrit, Bronia ?

Bronia sourit.

— « Chance, joie et liberté ! »

9

D'ABORD IL Y EUT CETTE VOIX CASSÉE à l'autre bout du fil. L'affaire Krylenko avait été rapportée à ce vieil Israélien par un cousin montréalais. L'homme voulait en savoir plus. François lui donna tous les détails et posa à son tour des questions. Avait-il connu Krylenko ? Avait-il été lui-même chassé à l'époque de cette terrible traque ? Se souvenait-il de détails précis ? Le vieil homme restait évasif, mais il semblait toutefois assez remué. Après une trentaine de minutes, il se dit satisfait des informations du journaliste et affirma qu'il allait réfléchir à tout ça. C'était une conclusion étrange, celle d'un juriste qui soupèse pour mieux comparer. François lui promit de lui envoyer par courriel ses articles ainsi que les photos de Krylenko, et insista pour garder le contact avec cet étrange personnage, un homme qui, de toute évidence, cherchait à valider un passé résurgent.

Le même jour, François reçut deux fichiers, celui des textes du carnet traduits, et un autre, contenant un article de Dana Brenner publié en 1985 au moment de l'ouverture du musée que l'archiviste avait jugé utile pour « l'investigation ». Le mot le fit sourire. Cela lui rappelait ces histoires sentimentales qui s'emballent. Il était plus curieux qu'emballé, comme il avait toujours été plus curieux qu'amoureux. Et il avait devant les yeux de quoi nourrir cette curiosité. Une note de l'archiviste lui rappelait que certains mots manuscrits étaient illisibles.

Ris parmi les autres, pleure quand… Sois légère quand tu… mais jamais dans la vie.

Cesia.

En ce jour de tes vingt ans, garde espoir. La vie est… du monde.

Ruth

Chère Klara, tu as vingt ans. Je te souhaite d'avoir la chance un jour d'en avoir trente, quarante… jusqu'à cent ! Joyeux anniversaire.

Guta

Chère Klara, quand tu seras vieille, prends ce carnet entre tes mains, mets tes lunettes et… à haute voix.

Mina

La femme souffre en…, sa vie est un sacrifice, voilà la… toute femme.

Esther

Vive Klara ! Que la vie te donne des enfants.

Lena

Ma belle Klara, souviens-toi : Chance, joie, liberté !

B… nia

Saute, saute, petite Klara. Un, deux, trois, te voilà en Australia !

Hanka K.

Ce dernier texte lui parut d'une légèreté étonnante. Quant à ce ***Wolność!*** répété vigoureusement trois fois par Zlatka, il signifiait, cela ne le surprit pas, liberté en polonais. Il trouva aussi la traduction du treizième texte du carnet, le seul qui ne soit pas signé. Cela n'avait rien d'un souhait :

Je tiens à écrire ici que j'ai vécu jusqu'à ce jour. Je veux que mes proches, s'ils sont encore vivants, sachent que j'ai tenu jusqu'à ce 26 avril 1945. Je n'irai pas plus loin. Je veux que l'on sache que j'ai aimé la vie. J'ai aimé vivre. Bénies soient les camarades qui m'ont aidée. Bénie soit ma famille qui reste, béni soit Dieu qui l'a voulu…

Voilà qui lui semblait étrange : écrire pour que l'on sache, mais ne pas signer son texte. C'était d'ailleurs le seul empreint de désespoir. Il les parcourut tous encore, comme l'intrus fasciné qu'il était. Que racontaient-ils ? Qui racontait ? Il ouvrit l'autre fichier qui contenait cet article publié par la fondatrice du musée, Dana Brenner.

Elle y proposait une réflexion sur « l'histoire de l'homme par les objets et l'indigence interprétatrice ». Elle proposait l'exemple du carnet à ses lecteurs pour démonter tous les discours possibles que l'on pouvait tenir sur « l'humanité enchaînée ». Selon elle, ils étaient nombreux et, la plupart du temps, faisaient fausse route, surtout ceux qui « s'envolent vers les hautes sphères de l'Héroïsme ou de la Victime ». « On ne devient pas un héros parce que l'on prend des risques », écrivait-elle. « Ce petit carnet, avec ses messages, est l'expression de la dignité d'une douzaine de femmes dans des circonstances où on leur aurait pardonné de ne pas l'avoir été, dignes.» Il ne fallait pas faire dans le romantisme, il fallait «reconnaître adéquatement la chose». «L'adéquation, la symbolique la plus seyante possible, si je puis dire, est un défi de la muséologie moderne...» Le texte aurait pu être celui d'un entomologiste prémunissant le visiteur tenté de prêter des sentiments de compassion à des fourmis qui ont «fait ce qu'il faut».

Tout cela parut étrange à François; une directrice de musée qui cherchait à diminuer l'impact que pouvait avoir un de ses artéfacts sur le visiteur. La fondatrice s'acharnait à limiter le sens d'un objet qu'elle-même avait placé au cœur de son musée. Pourquoi alors en avait-elle fait la pièce maîtresse? Elle répondait dans le texte. «C'est l'objet qui incarne le mieux ce que l'on voulait détruire au-delà de la judéité des acteurs. [...] Détruire la dignité, c'est obtenir le code d'accès qui permet la destruction finale.» Comment expliquer qu'elle était la donatrice de ce carnet? Comment en était-elle venue à le posséder?

Le téléphone sonna. L'archiviste du musée lui annonçait avoir trouvé une copie DVD de l'inauguration des nouvelles installations en 2003, où apparaissait Dana Brenner. Il pouvait la lui faire parvenir par coursier.

Plus tard, en soirée, après s'être versé un verre de scotch, en s'installant pour visionner l'enregistrement, François ne put contenir un sourire; qu'était-il donc en train de faire? Vu de l'extérieur, il se prenait effectivement pour un détective. Il se rassura, pour l'instant, aucun témoin gênant ne pouvait se moquer de lui. Et puis, il s'amusait un peu. Se préoccuper des fantômes, c'était une façon de sortir de soi; et de remédier à cette lacune qui lui avait souvent été reprochée : ne pas avoir le goût des autres.

Le film présentait une suite de discours convenus prononcés par les donateurs, les ministres, le premier ministre du Québec. Dana Brenner y apparaissait effectivement, mais n'y parlait pas beaucoup, elle ne disait que quelques mots de remerciement et se montrait aussi laconique dans la vie qu'elle était rationnelle dans ses écrits. Puis une femme, une ancienne d'Auschwitz, prit la parole. François ne la reconnut pas tout de suite. Elle avait un regard triste et une toute petite voix : « *J'ai eu le malheur de connaître l'enfer d'Auschwitz, mais j'ai eu le bonheur de connaître Klara Granovski. Monsieur le premier ministre tout à l'heure a évoqué ce petit carnet. Je tiens à saluer celle qui l'a inspiré et qui n'est malheureusement pas là cet après-midi avec nous. Si ce carnet est ici, c'est pourtant grâce à son courage... Je veux saluer mes enfants...* » Puis elle insistait, se fondait dans le récit mille fois répété et désormais dévalué de l'horreur auschwitzienne. Ce carnet était donc là « grâce au courage » de Klara.

François observait cette Helena avec qui il avait brièvement échangé quelques mots deux mois plus tôt. Son visage avait beaucoup maigri et vieilli entre cet enregistrement et leur rencontre par hasard dans cette salle du musée où se trouvait le carnet de Klara, et où Helena semblait avoir élu domicile. Il se redressa soudainement, pressa sur le bouton « pause » et le visage de la vieille dame qui souriait en remerciant son auditoire se figea. Il comprit alors : Helena. He... Lena.

2 avril 2003

Le petit groupe d'élèves qui précède le premier ministre du Québec pénètre dans la salle du musée en couinant comme des chiots tenus en laisse. C'est à peine s'ils remarquent la vieille dame assise sur une chaise en retrait, Helena Brunchswig. L'institutrice les guide vers la vitrine où se trouve le carnet. « Nous avons ici un objet très particulier, il s'agit d'un carnet de souhaits qui a été confectionné clandestinement en décembre 1944 par… » Les écoliers gardent le silence. Certains se composent une mine grave, devinant que c'est que ce que commande la situation. D'autres s'appuient le front sur la vitrine. « Qu'est-ce qu'il y a dedans ? » « Pourquoi il y a la lettre *K*, madame ? » « On fêtait les anniversaires ? » Helena tend l'oreille, elle sonde les réactions. « Qu'est-ce qui est écrit ? » « Pourquoi c'est mauve ? » C'était la couleur du chemisier de Zlatka, chuchote Helena pour elle-même. Une des jeunes filles du groupe observe la vieille dame qui parle toute seule à l'écart. Helena se répète à elle-même : c'était la couleur du chemisier de Zlatka… Un enfant insiste : « Madame, elles sont mortes, ces femmes ? »

Un essaim de notables se forme à la suite du premier ministre qui s'approche. La cour se déplace de vitrine en vitrine, émettant les commentaires convenus en ce genre de circonstances : ces nouvelles installations sont « remarquables », la conception est « ingénieuse », la mémoire est « nécessaire », c'est un « devoir ». À quelques mètres de là, Helena observe toujours les enfants. Elle porte un badge sur lequel son nom, inscrit à la main, trahit le caractère bénévole de sa présence. En l'agrafant, tout à l'heure, elle a revu sa mère coudre l'étoile. N'est-elle pas là pour jouer un rôle, comme autrefois dans les rues de Varsovie ? Son rôle alors était celui de la jeune-Juive-de-trop. Aujourd'hui, il s'agit de la vieille-Juive-qui-peut-attester. De quoi ? De la validité des artéfacts. En particulier de celui qui trône au milieu de cette salle. C'est elle qui, tout à l'heure, parlera au premier ministre. Au nom de tous ceux qui en sont revenus. Tout a été prévu. Elle retire nerveusement quelques peluches accrochées à son tailleur. Elle passe son pouce aux commissures de ses lèvres où trop de salive s'est accumulée à force de se répéter pour elle-même la première phrase de son discours, quelques mots de français « par politesse », comme le lui a suggéré le directeur du musée.

Il y a vingt ans, elle se souvient, lorsque Dana lui a annoncé qu'elle avait décidé d'inclure le carnet dans l'exposition, elle n'avait rien dit, mais avait eu du mal à cacher sa surprise, puis elle avait aimé le voir là, au milieu du monde, à la lumière. N'était-ce pas une vengeance après la nuit, la nuit du camp de Malchöw, ce terminus des corps malades où elles s'étaient effondrées après l'évacuation d'Auschwitz et leur passage par Ravensbrück ? La libération fut leur expulsion *in extremis* d'un corps malade. Elles se retrouvèrent, sonnées, à l'entrée d'un monde qu'elles croyaient avoir quitté pour toujours. Et la grande dispersion avait eu lieu. La Suède, le Canada, les États-Unis, la Palestine, l'Australie. Qui allait rester en Europe? Qui serait assez fou? Pour Ruth et elle, ce fut New York. Puis Montréal où elle éleva sa famille. Qui lui aurait dit qu'un jour elle verrait des gens rassemblés autour du cadeau d'anniversaire de Klara?

Il n'y a que Dana qui sait que la Lena du carnet, c'est elle. Elle est assise, elle attend à quelques mètres du premier ministre qui s'approche avec sa suite. Elle a presque honte de penser à sa résignation passée, à cette mort qu'elle avait même souhaitée à l'époque. Ce seul geste, ce grand risque auquel Zlatka l'a contrainte ce 21 décembre 1944, est un tout petit souvenir, mais assez costaud pour attirer vers elle, là, cet après-midi, un chef de gouvernement. «Notre pièce de résistance!» s'écrie une jeune bénévole aux lunettes fluo qui s'émeut devant la vitrine dans l'espoir théâtral d'une contagion. Elle lance quelques mots pour qu'ils flottent dans l'atmosphère de respect qui règne dans la salle et n'éclatent pas trop vite: héroïsme, humanité, solidarité... Helena sourit. Elle jouit d'un privilège; elle connaît l'histoire de la fabrication du carnet: le rythme, la nervosité, les rires, la sueur, tous ces ingrédients qui ont présidé à sa fabrication. Elle n'a pas besoin de faire preuve d'imagination. Le chemisier de Zlatka, ce fut toute une surprise. Elle se l'était procuré la veille grâce à une camarade qui travaillait au «Kanada», cette bonne planque où l'on pouvait «prospérer». Helena est assise dans un musée de Montréal, mais elle n'entend pas les questions du premier ministre qui se penche vers le carnet. Ce jour-là, à l'atelier, dans l'ombre des SS, pendant quelques heures, qu'ont-elles fait, Zlatka et elle? Du théâtre? Elles ont joué à être normales. Elles ont préparé une surprise pour une copine. Les lacets, le crayon volé, le papier subtilisé... Zlatka en sueur, affolée. Et Klara. Klara qui avait vingt ans. Ça y est, elle réfléchit trop, elle a peur de s'embrouiller quand viendra le moment de parler. Si ça continue, elle va présenter au premier ministre «notre pièce de la normalité».

Un homme se déplace nerveusement parmi la foule devenue plus compacte. Il se plante devant elle. Il porte un badge officiel.

— Êtes-vous celle qui doit parler?

— Oui.

— Vous aurez deux minutes après le premier ministre, madame... Ça vous va?

— Oui.

Le directeur du musée prend la parole. Il dit la même chose chaque fois: l'espoir raréfié, l'abandon du monde, la vigilance, le devoir de mémoire. Helena n'écoute pas. Elle regarde les adolescents qui accompagnent un couple de quinquagénaires assis à la première rangée. Vient le tour du premier ministre. Il se place devant la vitrine où se trouve le carnet.

— Nous sommes ici pour inaugurer ces nouvelles installations du musée de l'Holocauste de Montréal. Chers amis, il y a un demi-siècle, ce carnet de souhaits a été fabriqué par de jeunes prisonnières d'Auschwitz qui l'ont offert à une camarade pour «célébrer», si j'ose dire, ses vingt ans dans le plus inqualifiable enfer du XXe siècle. Je dois vous dire que j'ai du mal à croire une telle chose possible à Auschwitz... le courage des survivants et celui de leurs camarades disparus...»

« Courage ? Quel courage ? De quoi parle-t-il ? » se dit Helena. Des mots gribouillés à la va-vite. Il y avait une odeur pestilentielle. Une jeune Tchèque malade avait été « sélectionnée » pour l'infirmerie et Klara avait eu du mal à ne pas crier. Une Française, Simone, surveillait le retour de la kapo en rigolant et répétait « On va gagner » comme une folle. Les choses étaient si concrètes. Le premier ministre, lui, devant la vitrine, cet après-midi, est si irréel. Helena a signé « Joyeux anniversaire, chère Klara, », elle a déposé le crayon. Étonnée d'être allée jusque-là. Écrire. Elle n'avait pas fait cela depuis deux ans. Zlatka lui a demandé en lui faisant un signe des yeux : « C'est tout ? » Elle faisait le guet à la porte des toilettes de l'atelier. La kapo revenait toujours comme un pendule maudit. « Oui, c'est tout ! » puis, honteuse, elle s'était ravisée, elle avait repris le crayon, la poitrine gonflée par le trac, et avait ajouté : « Que la vie te donne des enfants. » C'était un souhait pour elle-même aussi. Il est inscrit sur la deuxième page du carnet.

Les gens applaudissent le premier ministre. On fait signe à Helena. Elle se fraie un chemin. À la hauteur du couple de quinquagénaires, elle se penche vers les deux adolescents qui les accompagnent. Elle passe alors la main dans leurs cheveux. Un sentiment de fierté l'envahit. Elle chuchote : « Que la vie te donne des enfants. » Ses lèvres ont à peine bougé. Juste ce qu'il faut pour ne pas passer pour une vieille démente. Un des deux adolescents lui demande : « Grand-mère, ça va ? » Elle l'embrasse, puis s'approche du micro.

11

Au musée, on apprit à François qu'Helena, très malade depuis plusieurs mois, avait quitté Montréal une semaine après leur rencontre impromptue dans la salle du carnet. Elle avait rejoint ses enfants à Toronto. On lui donna un numéro de téléphone. Il parla au fils.

— Je suis désolé pour votre mère.

— C'est le cancer, ça fait des mois qu'elle ne va pas bien et que nous tentions de la convaincre de nous rejoindre à Toronto.

— Elle ne voulait pas ?

— Elle résistait. Et puis, ce travail de bénévole au musée lui tenait à cœur.

— Vous saviez que votre mère était une des signataires du carnet ?

— Oui.

— Je l'ai brièvement rencontrée dans cette salle au musée, vous savez…

— Oui, oui, c'était sa deuxième demeure !

— Elle ne m'a rien dit à propos du carnet.

— Cela ne m'étonne pas.

— Ah bon ?

— Vous savez, Helena ne nous en a jamais parlé.

— Vous voulez dire que…

— Nous sommes de Montréal. J'y ai grandi. Quand le musée de l'Holocauste a ouvert ses portes, ma mère était présente, elle nous l'a fait visiter, mais vous savez, nous avons été élevés dans la joie plus que dans le souvenir…

— Attendez… Vous ne saviez pas que votre mère était une des signataires du cœur?

— Nous l'avons appris beaucoup plus tard, le jour de l'inauguration du nouveau musée en 2003.

— Pourquoi ne pas vous avoir raconté cette histoire?

— Je l'ignore, monsieur Bélanger, je l'ignore.

— Et depuis?

— Depuis quoi?

— Elle vous a raconté?

— Raconté quoi?

— Je ne sais pas, le carnet, ce jour-là à Auschwitz, Klara?…

— Elle nous a simplement raconté que le carnet avait été offert à cette Klara, une camarade de travail à l'usine d'armement de la Union, à Auschwitz, un statut particulier qui d'ailleurs leur a valu d'avoir la vie sauve.

— Et cette Klara? Et les autres signataires?

— Notre mère est toujours restée évasive en insistant sur le fait que son choix était de quitter l'Europe le plus vite possible. Le Canada était un mot magique à l'époque, pour les survivants, vous savez. Alors voilà, elle est venue ici. Cette Klara, elle est peut-être allée en Israël. Moi, vous savez, je remercie notre mère d'avoir choisi le Canada.

— C'est un peu invraisemblable, tout de même.

— Que voulez-vous dire?

— Un tel objet, si inattendu et… pas de source.

ambivalence avec carnet

— Il y aurait eu Dana bien sûr, mais elle est décédée…

— Et votre mère ?

— Pour l'instant, notre mère est très malade et…

— Oui, bien sûr, bien sûr, je ne veux pas insister, mais si jamais…

— Monsieur Bélanger… Quand ma mère a fait son *coming out* le soir de l'inauguration, j'ai compris à quel point ce carnet était important pour elle, je crois qu'elle le considérait comme une des choses les plus significatives de sa vie, mais…

— Mais ?

— Je sentais qu'il y avait de la gêne, oui, de la gêne… quelque chose de plus triste qu'Auschwitz dans ce souvenir précis.

— De plus triste qu'Auschwitz ?

— Monsieur Bélanger, tout le monde n'est pas sorti d'Auschwitz avec les mêmes sentiments. Et tout le monde n'y est pas « resté » comme Primo Levi. Refaire sa vie implique, il va sans dire, une bonne dose d'oubli, variable, j'imagine, selon les individus.

— Helena avait-elle gardé le contact avec d'autres signataires ?

— Qui soient encore vivantes ? Il y avait Hanka à qui nous avons rendu visite quelques fois, mais c'est tout. Elle est décédée en 2000 et son mari est parti vivre en Australie avec leur fille. Il y avait une certaine Ruth aussi que je n'ai jamais rencontrée, mais que ma mère a parfois évoquée. Je crois qu'elle vivait aux États-Unis.

— Ce que j'ai aussi du mal à comprendre, c'est que le carnet n'ait pas eu de suites…

— De suites ?

— Klara était une amie, non ?

— Ma mère m'a raconté qu'elle l'a connue à l'atelier de l'usine Union. Elles partageaient le même baraquement, mais n'étaient pas du même quart de travail. Je me souviens qu'elle m'a dit que Klara était du Bund de Bialystok, ce qui comptait pour elle qui est aussi d'une vieille famille socialiste. Elle m'a aussi raconté que Klara chantait beaucoup.

— Et le carnet ?

— Elle se souvenait que c'était Zlatka qui avait tout préparé. Elle était très proche de Klara et de Bronia…

— Bronia ? C'était une camarade de l'usine ?

— Oui, Bronia était à Auschwitz avec elle. Il n'y a pas de message d'elle dans le carnet ?

— Non.

— Ah bon ! Je sais pourtant qu'elle et Hanka étaient très proches, je crois qu'elle habitait en Israël.

— Mais enfin, pourquoi votre mère a-t-elle gardé le silence sur ce carnet jusqu'en 2003 ?

— C'est vrai qu'elle ne nous a jamais parlé de cette histoire avant. Quand elle l'a fait, elle a insisté : « Vous ne devez pas croire que ce n'était pas si mal, pas si dur… » Je crois qu'elle avait peur qu'on s'imagine que, si elles avaient pu fabriquer un carnet de vœux pour l'anniversaire de Klara, c'est donc qu'Auschwitz n'était pas l'enfer !

— Et sur le fait qu'il se retrouve dans un musée à Montréal ?

— C'est avec Dana que vous en auriez appris plus long… Mais vous savez, je ne dis pas ça pour…, bon, enfin, j'allais dire que j'ai toujours eu le sentiment que ce carnet était un souvenir, comment dire ? triste pour elle, oui, un souvenir triste.

— Triste ?

— Oui, le genre de souvenir qu'on ne veut pas oublier, mais dont on ne veut pas parler. Je me souviens d'ailleurs que...

— Oui ?

— Dans les jours qui ont précédé l'inauguration, j'étais encore un gamin, ma mère m'a emmené visiter le musée qui en était aux derniers aménagements, et je me souviens d'une discussion animée entre elle et Dana dans la salle du carnet.

— Animée ?

— Oui, enfin, elles ne semblaient pas d'accord. Ma mère trouvait que le carnet était trop beau, si je me souviens bien.

— Trop beau ?

— Oui, Dana disait que c'était la Joconde. Mais justement, la Joconde, on ne sait pas si elle est triste ou heureuse...

Jamais auparavant son travail de journaliste n'avait paru pénible à François, mais depuis quelques jours, chaque fois, il devait s'arracher à l'officieuse « affaire du carnet » pour reprendre le cours des choses, et ces choses, c'étaient les vagues sanglantes provoquées par certains membres du clan Zanzutto à propos de la succession du parrain montréalais. Une seule affaire officielle continuait de l'intéresser : Krylenko. Il reçut par courriel un message laconique du vieil Israélien : « Photo 1 : moi à une autre époque. Photo 2 : Krylenko à une autre époque. » François s'empressa de télécharger les deux photos qui accompagnaient le message. On y voyait un jeune homme photographié aux côtés d'une jeune femme. Sur l'autre, une bande de barbus groupés dans une forêt. Une flèche pointait vers celui du centre.

31 juillet 1970

Les platanes défilent, largués dans le sillage de l'auto. Au volant, Rachel tente de rester concentrée. À l'arrière de la voiture, une jeune Française vêtue d'une robe de mariée rit à gorge déployée. Elle est si nerveuse qu'elle en oublie de faire attention à son maquillage. Il faut dire que sa mère, assise à ses côtés, ne l'aide pas beaucoup. « Et alors ? » demande la future mariée. « Alors, elle lui a dit : c'est tout ? Dis donc, tu pourrais peut-être remettre ça ! » Et c'est reparti. Irène, la conteuse la plus réputée du clan Goutlain, ne voit pas de différence entre emmener sa fille à la mairie et discuter au café. Cela lui a valu de nombreux problèmes chez les Goldberg, la famille de son ex-mari, le père de Sophie, où l'on préfère la discrétion. Joueuse, buveuse, un jour elle a tout plaqué. Elle est partie avec sa fille sous le bras. « Ta mère est une femme exceptionnelle, mais elle en fait trop », lui répète son père, qui vit à « Porquerolles-en-Sibérie avec une pauvre fille », comme aime le répéter Irène. L'infirmier. C'est ainsi qu'elle le désigne désormais.

— Il prend soin d'elle.

Elle déteste les femmes dont on doit prendre soin. Tout à l'heure, il sera là bien sûr avec sa « patiente ».

— Maman, je t'en prie, exige Sophie.

— En voilà une qui sait se tenir !

— Maman… non !

Puis, après un bref silence, comme pour éloigner le mauvais esprit, Irène remet ça.

— Goebbels se présente au comptoir d'une pâtisserie et…

— Non ! Maman !

Dans le regard d'Irène, la rancœur semble encore intacte. « Va voir ailleurs si tu trouves mieux ! » avait-elle dit à son mari. Il avait fini par la prendre au mot et lui annonça un jour avoir rencontré sa « patiente ». « Je garde Sophie, je te laisse la maison », lui avait-elle dit alors avec un calme qui aurait pu faire peur. Rachel, éternelle célibataire, amie d'avant le déluge, reçut ses nouvelles locataires. C'était il y a vingt ans. Elles louèrent ensuite une maison où viendraient quelques hommes qui ne s'attarderaient pas.

— Allez ! Surtout pas de larmes, sinon je vous raconte celle de Himmler dans son poulailler.

Sophie sourit, elle regarde avec tendresse les deux quinquagénaires qui constituent sa famille. Elle tapote la main de sa mère qui grille sa deuxième cigarette depuis Grasse. L'auto grimpe. Rachel accélère et décrète :

— C'est seulement dans les films que la mariée est en retard.

Ils sont une cinquantaine à les accueillir dans la cour de la mairie. Des copains de lycée entonnent un chant de ralliement. Sophie sourit, rougit, garde la distance de l'élue. Son père est là et lui offre son bras. Irène et Rachel les précèdent vers la salle, à l'étage. Le jeune marié, fébrile, se tient devant le maire, ajuste sa cravate et tente de cacher son embarras. Une fois la cérémonie commencée, Irène sent monter en elle l'inquiétude du dompteur qui perd le contrôle du fauve. Une cigarette déchiquetée baigne dans sa main en sueur. Rachel lui souffle à l'oreille :

— Pas de larmes, tu as dit, tu dois m'aider, ma vieille.

Un peu plus tard, les amis de Sophie défilent sur une scène pour rendre hommage à la jeune mariée. Les anecdotes convenues s'enchaînent. Un ami du marié offre une prestation à la guitare. Un autre tente de dérider la foule, enfile des calembours douteux auxquels la disponibilité générale donne des apparences d'efficacité. Une jeune amie s'avance :

— Chère Sophie, tu sais que la tradition veut qu'une jeune fille conserve un souvenir écrit de ceux qui comptent. Comme nous sommes présomptueuses, nous avons déjà consigné nos souhaits dans ce petit carnet que nous avons fabriqué pour toi. Pour nous, Sophie, ton cœur est un oiseau, ton amitié est un chant. Nous avons voulu t'offrir ce qu'il y a de plus beau : quelques souhaits, et ce que tu nous inspires, tous nos vœux que nous avons rassemblés dans ce cœur qui est le tien. Il y a des pages blanches qui attendent de trouver preneurs, et ils sont nombreux ceux qui veulent rester dans ton cœur, certains garçons que je ne nommerai pas sont même déçus, car aujourd'hui tu donnes le tien à Paul. Sache que tu demeures notre Sophie, même si te voilà madame Rabatier.

Elle recule et, accompagnée d'une dizaine de copines de Grasse, entonne *Le chant des oiseaux* de Clément Janequin, une des premières œuvres que Sophie a données en concert. À la fin, la jeune femme brandit le carnet qu'elles ont fabriqué et sur lequel un

S a été brodé en blanc. Elle lit ces saillies sentimentales que l'on s'autorise en certaines circonstances : « Chère Sophie, tu pars aujourd'hui pour un voyage... »

Rachel tourne dans sa main la fourchette à poisson. Elle n'ose pas jeter un regard du côté d'Irène. Peut-elle se rappeler ? Elle marmonne « Chère Klara, il faut que tu vives... »

Au même moment, Irène lutte contre elle-même. Elle épie Rachel qui parle tout bas. Le carnet de sa fille est plus gros, et mieux fait. Qui aurait pu dire qu'Auschwitz surgirait aujourd'hui ? Qui aurait pu prévoir que Klara Granovski s'inviterait cet après-midi à Tourette-sur-Loup ? Irène observe les lèvres de Rachel qui a l'air de prier. « ... et que tu aies des enfants, que tu revoies le soleil, que tu touches à la lune qui sera à nous... »

Rachel se tourne vers sa voisine :

— Que pensez-vous de cela ?

— Quoi donc ?

— Ce petit cadeau.

— Oh ! ça, ma foi, c'est très mignon.

— Oui, c'est très mignon...

Rachel lève les yeux vers Irène. Le visage de son amie a changé. Il n'a plus cette fausse dureté, cette sorte de tendresse bourrue avec laquelle elle se maquille. Irène n'arrive pas à se rappeler. Qu'avait-elle écrit ? C'était quelque chose de laconique « Chère Klara, joyeux anniversaire... » Elle fait tinter son verre. La rumeur joyeuse baisse d'un ton, les têtes se tournent. Irène se racle la gorge. Le jeune marié embrasse Sophie. Irène se lance :

— Sophie, ma Sophie, comme ton père, cet après-midi, l'est sûrement aussi, je suis un peu triste de te donner à cet individu, mais si fière de te voir... pardonnez-moi, je dois me contenir pour deux ce soir : ta tante Rachel m'a défendu de pleurer à l'italienne, de faire des blagues sur les Allemands ou les Polonais, et même de lancer mon verre à la russe ! Ma Sophie, pour moi, tu es l'amour, tu es le fruit, ce fruit offert aujourd'hui à ce jeune homme... Tu sais que tu peux revenir à la maison dès que tu le voudras. Sinon, tant pis, c'est moi qui viendrai. Sophie, tu n'es pas seulement l'amour, tu es la vie. Lève-toi, allez, lève-toi ! Regarde-moi, voilà, voilà la vie, belle ! Voilà ta chance, cher jeune époux. Sois à la hauteur de cette chance, tu m'entends ? Ses deux yeux, tout est là ; oui, je sais, il y a plein d'autres choses appétissantes, mais tout est dans ces deux yeux. Quand Sophie vous regarde, vous sentez bien que la vie est une grande chose. Sophie a été conçue alors que nous sortions de l'enfer. Elle a été conçue dans la joie de la vie retrouvée, et quand elle est née... quand elle est née, j'ai repris goût à la vie moi aussi. Cet après-midi, je redonne à la vie ce que la vie m'a donné, je donne ma fille à ce jeune goy charmant. Sophie, tu nous quittes, ce n'était pas nécessaire, mais bon, j'en suis venue à la conclusion, il y a longtemps, que ce qui arrive est rarement nécessaire. Sophie, ta grand-mère s'est mariée au même âge que toi. Et lorsqu'elle avait mon âge, je l'ai vue partir en fumée. Elle a beau ne plus être là, la vie a beau vouloir nous faire croire qu'elle n'a jamais existé, je veux que l'on sache que c'est la petite-fille de Halina Tannenbaum qui se marie cet après-midi à l'ombre du soleil provençal. C'est sa petite-fille qui est joyeuse, c'est elle qui va avoir de beaux enfants. Halina aurait quatre-vingts ans et elle serait folle de toi... comme nous sommes tous fous de toi. Paul Rabatier, prends soin de Sophie, qu'elle soit aimée, car elle vient de loin, elle vient de moi, elle vient de nous, elle est celle que j'aime, ma petite fille, ma Sophie.

En un éclair, tout lui revient, la comptine apprise, enfant, et qu'elle avait offerte à cette Klara. Tout revient, là, au moment de lever son verre. « Yeux bleus, lèvres rouges, peau blanche, porte tes couleurs ! Mazel Tov ! Longue vie aux mariés ! » Irène jette un regard inquiet vers Rachel et se fraie un chemin entre les tables du jardin pour aller se rasseoir. Rachel lève une flûte de champagne dans sa direction. Cette fois-ci, Rachel ne peut contenir quelques larmes. Irène grimace, manière de dire : « Ne me fais pas ça… »

13

MER MORTE. Terre morte. Ce n'était pas que des mots. Autour de François, sur l'autoroute reliant Jérusalem à Tel-Aviv, quelques rares végétaux empêchaient dérisoirement le dénuement absolu de la rocaille et de cette terre revêche et blanchâtre, ce trop peu de géographie pour autant d'histoire. Pour le journal, l'apparition d'Ariel Vilinski dans l'affaire Krylenko justifiait le voyage. Le vieil homme avait hésité à parler, appréhendant que ce qu'il avait à raconter soit mal interprété dans son pays perpétuellement militant. En Israël plus qu'ailleurs toute vérité n'était pas bonne à dire, mais la conscience d'Ariel Vilinski avait pris le pas sur sa judéité.

Vilinski habitait Petah Tikva, près de Tel-Aviv, au troisième étage d'un immeuble sans style, vestige de l'architecture travailliste d'un quartier érigé sous Ben Gourion et qui nourrissait l'illusion qu'ici il n'y avait pas de classes sociales, au sens traditionnel. Il y avait des sépharades, des ashkénazes, des religieux orthodoxes, beaucoup de Russes, de plus en plus d'Arabes pré-kamikazes, mais les bourgeois, les pauvres, les richissimes étaient beaucoup plus discrets qu'ailleurs. Vilinski était un pharmacien à la retraite et il vivait donc dans un immeuble qui, à Montréal, serait une HLM. Peut-être y avait-il là, dans ce décalage, tout l'effort consenti de ces quelques générations qui avaient bâti l'impossible Israël. Le petit studio était en désordre et sentait le cumin. Sur le canapé, Vilinski avait disposé des photos et quelques documents qui dataient de la guerre, dont des faux papiers qui lui avaient vraisemblablement permis de passer entre les mailles du filet nazi. Il accueillit froidement François, comme si c'était lui qui avait sollicité la rencontre avec trop d'insistance… Il jeta un coup d'œil inquiet sur l'appareil photo.

— Vous n'allez pas prendre de photos tout de même ?

— Monsieur Vilinski, je suis venu vous rencontrer ; il faut que nos lecteurs sachent que vous existez.

— Vos lecteurs s'intéressent vraiment à cette histoire ?

— Nos lecteurs s'intéressent à toutes les histoires, surtout lorsqu'il est question de justice.

— La justice… je ne sais pas. Un peu de vérité, ça oui, oui…

— La vérité, c'est autre chose.

— La vérité, c'est que si je suis là aujourd'hui, c'est grâce à Alexandre Krylenko.

— Ça a l'avantage d'être clair, mais pourquoi ne pas vous être fait connaître avant ?

— Parce que je ne voulais pas l'innocenter, mais je voudrais aider à faire connaître la vérité.

— Dieu sait qu'elle a besoin d'aide !

— Pardon ?

— Il est difficile de savoir comment les choses se sont passées, même lorsqu'il y a des témoins de première main, vous savez.

— J'étais au camp de Baillekoun, monsieur Bélanger. J'avais dix-sept ans et je savais déjà ce que c'est que d'avaler ses papiers.

— Vos papiers d'identité ?

— Ma carte de membre aussi.

— Vous étiez communiste ?

— Très ! (Il éclata de rire.) J'étais surtout fou de rage. J'avais déjà perdu toute ma famille, j'ai pris le maquis, j'ai rejoint les partisans. Nous procédions à une opération de sabotage d'un chemin de fer quand les nationalistes ukrainiens nous ont interceptés. Nous savions que nous allions y passer, que c'était fini. Vous savez, peu de gens ont survécu au camp de Baillekoun.

— Et Krylenko ?

— Les gars du Schuma étaient dans la région pour servir de forces d'appoint. Ils ratissaient le territoire. En mai 1943, juste avant la liquidation du camp, alors que l'Armée rouge progressait, nous nous sommes évadés, de nuit, trois camarades et moi.

— Évadés ?

— Baillekoun était un camp temporaire, un parking de Juifs et de communistes à liquider. Il n'y avait pas autant de structures que dans les camps de la mort et surtout pas leur comptabilité rigoureuse. Nous avons profité de la nuit pour nous enfuir par une brèche. La forêt était à cinq cents mètres, une fois atteinte, on avait une chance sur cent de s'en sortir.

— Et combien de chances de l'atteindre ?

— Une sur mille !

— Ils ont lâché les chiens ?

— Ils ont lâché des gardes, mais ne nous ont pas trouvés. Nous avions eu le temps de grimper aux arbres, des sapins touffus. Ça masque l'odeur. Nous avons passé deux jours dans ces arbres, le temps que les recherches cessent. Le troisième jour, nous avons tenté de nous éloigner pour trouver un camp de partisans et nous sommes tombés sur le bataillon de votre Krylenko. L'officier gueulait en ukrainien. Il disait : « Ukrainien ou pas Ukrainien, c'est de la vermine. » Je le revois gesticuler. Je ne sais pas si certains avaient des états d'âme, mais ils venaient peut-être de participer aux rafles des villages voisins où des Juifs avaient été massacrés. Puis est arrivé ce qui devait arriver.

— Des partisans ?

— Non, un de mes camarades a marché sur une branche sèche. L'officier a donné le signal. J'ai eu le temps de me cacher derrière un buisson. Ils leur sont tombés dessus. Deux ont été massacrés à coups de crosse ; le troisième, plus vigoureux, qui se défendait, ils l'ont tiré à bout portant. Krylenko était parmi ces soldats. Je ne me souviens pas l'avoir vu tirer ni frapper, mais il était là. Je n'ai pas bronché. Je me sentais déjà mort en quelque sorte. Puis…

— Oui ?

— Puis plus rien, je me suis évanoui. Quand je me suis réveillé, le visage de ce Krylenko était à quelques centimètres du mien. J'entendais des cris. Les autres disaient : « Alors, tu t'en occupes ? Alex, tu t'en occupes ? » Ils riaient. Je les entendais rire. Il a tiré juste à côté de moi en visant le sol. « Enfin ! Ce n'est pas trop tôt ! » Ils riaient de plus belle. C'était vraiment comme dans un rêve, je vous jure. Comme dans un rêve… Il m'a dit : « Fais le mort, je reviendrai. » Il m'a laissé. Ils bivouaquaient à un kilomètre.

— Pourquoi prendre de tels risques ?

— Vous avez bien regardé les deux photos que je vous ai envoyées ?

— Oui, celle où vous êtes avec votre jeune femme et celle du groupe de barbus. Je n'ai pas bien compris. Ils n'ont pas d'habits militaires. Il s'agit d'une milice à laquelle Krylenko appartenait ?

— Non, c'est moi qui suis là, juste ici, au centre du groupe de partisans. La photo a été prise par un officier de l'Armée rouge au moment de sa jonction avec les groupes de résistance ukrainiens.

— Je ne comprends pas.

— Krylenko, c'est l'autre photo, ce jeune homme avec son épouse.

— Son épouse ?

— Sa première femme... Myriam.

— Myriam ? Une Juive ?

— Oui. Monsieur Bélanger, dans la vie d'un seul homme, même l'homme le plus simple, les choses peuvent être très complexes dès le départ, vous savez.

— Je veux bien, mais tout de même, comment peut-on avoir une épouse juive et participer à...

— Par peur. Krylenko est un lâche, comme beaucoup d'Ukrainiens, de Français, d'Allemands l'ont été. Sa jeune femme a été emportée par la folie nationaliste qui s'est emparée de l'Ukraine « libérée », mais il ignorait encore à l'époque quel avait été son sort. Il avait vingt ans lorsqu'ils ont été séparés. Il a été, je crois, un peu sonné.

— On dirait que vous l'excusez.

— Comment pouvez-vous dire ça !

— Pardonnez-moi, je...

— Ma famille a été massacrée par des gens comme lui, des lâches. Moi, si je vous parle aujourd'hui, c'est parce que je ne suis pas comme eux. Je ne l'ai jamais été. J'ai une idée du bien et je m'y suis toujours tenu. Krylenko n'avait pas un jugement moral très développé, c'était un jeune paysan perdu et choqué par la débandade de sa vie. Sa femme était juive, mais c'était d'abord une jeune Ukrainienne communiste comme lui l'avait été à l'époque où tous l'étaient ou, disons, se devaient de l'être. Krylenko n'avait pas épousé Israël!

— Comment avez-vous eu cette photo?

— C'est lui qui me l'a remise au moment de nous séparer. Il m'a demandé de la garder. «Au point où en sont les choses, tu as davantage de chances d'en sortir vivant. Elle s'appelle Myriam Païchuk. Si tu la trouves, dis-lui qu'Alexandre t'a sauvé pour elle. Peut-être qu'un jour tu pourras m'aider toi aussi.» Il pensait encore que sa femme avait peut-être survécu.

— Pourquoi ne vous a-t-il pas contacté alors?

— Parce que je lui ai donné un faux nom.

— Vous ne lui faisiez pas confiance alors qu'il venait de vous sauver la vie?

— Exactement.

— Que s'est-il passé ensuite, après votre «exécution»?

— Il est revenu comme promis. Il avait un bout de saucisson et du pain. Je les ai dévorés. Je me suis mis à pleurer comme un enfant. Je ne comprenais plus rien. Il m'a demandé si j'étais communiste. Je ne savais pas quoi répondre. J'ai dit non. Ça ne pouvait pas me nuire. Il jouait le jeu des nationalistes, mais j'ai vite compris que Krylenko n'était pas qu'un lâche, mais un communiste lâche.

— Krylenko, communiste, décidément…

— Si vous saviez ce qu'on peut faire pour survivre lorsqu'on est un lâche, monsieur Bélanger. Lorsque j'ai lu votre article dans lequel Krylenko évoque cet acte envers un Juif, eh bien, j'ai ressenti… comment dire? je me suis dit voilà un homme qui sait qu'il a été un lâche, mais qui a posé un geste, un seul et… tout le monde croira que non, que ce n'est qu'un vieux salaud.

— Pourquoi ne pas avoir évoqué cette jeune épouse? Je ne comprends pas.

— La complexité d'un homme, monsieur Bélanger. Qui sait ce qu'il pouvait dire à sa deuxième épouse française? Qu'il avait été communiste avant d'être un salaud? Qu'il avait déjà été marié? À une Juive? Avec le temps, le mensonge s'épaissit et vous devenez ce que vous avez inventé, n'est-ce pas?

— Monsieur Vilinski, dites-moi, pourquoi avoir accepté de me rencontrer maintenant?

— Je ne voulais en aucun cas lui faciliter la vie face à ces accusateurs d'aujourd'hui. Non, simplement votre article m'a permis de le retracer et je voudrais que vous lui fassiez parvenir cette photo. Elle est à lui. Voilà ce que je fais pour lui.

— Dites-moi, Alexandre Krylenko était-il officier?

— Non.

— Vous en êtes sûr?

— Oui.

François lui tendit la photo de l'officier ukrainien qui avait servi à l'instruction du procès.

— Vous reconnaissez cet homme?

— Oui, c'est le sergent du bataillon Schuma.

— Ce n'est donc pas Krylenko?

— Non, l'homme sur cette photo, lui, c'est le salaud absolu…

François examinait sans conviction les faux papiers que lui montrait Vilinski. Il tentait de replacer les choses. Il s'attarda à nouveau sur la photo, en silence. C'était bien Krylenko qui souriait aux côtés de cette Myriam.

— Que serait devenu cet homme sans la guerre? demanda François.

— Krylenko n'a pas été qu'un salaud, il n'est pas qu'un ancien salaud...

— Vous savez qu'il est déjà extradé et que cela ne...

— Je sais, mais il n'y a pas que le sort des hommes qui compte...

— Ah bon? Quoi d'autre, monsieur Vilinski?

— La vérité, monsieur, je vous l'ai dit, la vérité de l'homme Krylenko. C'est pour ça que vous êtes venu jusqu'ici, non? Je fais cela pour rendre à monsieur Krylenko un peu de ce qu'il m'a donné, c'est-à-dire une chance. Je suis Juif et je hais ce que monsieur Krylenko représente. Mais tout Juif que je sois, il m'a sauvé la vie. De cette vie, la mienne, douze personnes sont issues. Par ce témoignage, ou appelez ça comme vous voulez, ce reportage si vous préférez, je considère que ma dette est payée.

— Pourquoi l'a-t-il fait selon vous?

— Quelles que soient ses raisons, il l'a fait, vous comprenez? Je ne crois pas qu'il l'ait fait par humanisme, si c'est ce que vous cherchez à éclaircir.

— Alors ce *coming out*, c'est pour dédouaner un ancien collabo?

— Je ne veux pas le disculper, mais je ne veux pas l'abandonner non plus. J'ai une conscience. Et puis, cette photo n'est pas à moi. Vous conviendrez qu'il faut bien un jour ou l'autre que le passé devienne du passé.

— C'est-à-dire ?

— C'est-à-dire que je n'aurais jamais pointé du doigt l'homme que vous voyez sur cette photo si je l'avais reconnu soixante ans plus tard. Si d'autres ont cru bon de le juger, c'est comme ça. Je crois qu'il est plus important de raconter ce qui s'est passé. La justice, comme vous dites, intéresse peut-être bien des gens, mais la vérité est plus importante. Que Krylenko ait été puni pour ce qu'il a fait… tant mieux. Mais ce qui compte, c'est que l'on sache ce qui a été fait contre tous les Juifs et qu'on sache aussi, vous comprenez, que Krylenko a été autre chose qu'un bourreau. Quand j'ai su qu'il vivait toujours…

Cette autre chose, Krylenko l'avait-il été par opportunisme ou des sentiments réels l'avaient-ils animé à l'époque ? Des sentiments aujourd'hui disparus sans laisser de traces ? Le Krylenko de 1941, l'homme d'avant les nazis, l'époux d'une Juive, existait-il encore, même comme une ombre fuyante ? Avoir été bon momentanément signifiait-il ne pas être absolument mauvais ? Qui aurait pu résoudre tout ce qui ne se disait pas, cet après-midi-là, entre le vieil Ariel Vilinski et François ? Le texte de l'article fut envoyé par courriel en soirée, avec une photo de Vilinski. « Vous ne pouvez pas vous tromper sur l'homme qui vous a épargné… » On chapeauterait l'article d'une citation dans le journal du lendemain à Montréal. Le « rebondissement » dans l'affaire Krylenko occuperait une partie de la une. Il y aurait même des échos à Kiev. François, lui, passa sa fin de soirée dans un bar de Tel-Aviv à jongler avec cette idée que l'Histoire est un roman.

raconter + important que de juger

Le lendemain, il se rendit à Yad Vashem, le Vatican de la douleur juive. Le mémorial était situé en retrait de Jérusalem, sur le flanc d'une des montagnes qui encerclaient la ville. Le site était constitué d'un parc commémoratif, d'un centre de recherche et d'un musée à l'architecture moderne où se trouvait bien sûr la plus grande collection d'artéfacts sur le génocide juif. L'édifice avait été conçu en longueur, tel un tunnel à traverser et au bout duquel le visiteur retrouvait finalement la lumière, alors que la structure même du musée s'avançait en surplomb au-dessus du vide. Et effectivement, la visite était une épreuve. Tout était là : Auschwitz, Babi Yar, Theresienstadt, les balles, le gaz, les visages, les photos-prises-on-ne-sait-comment-ni-par-qui, mais surtout on-ne-sait-pourquoi lorsque prises par les bourreaux eux-mêmes. Des photos de vies qui allaient bientôt finir, dans une fraction de seconde… juste après le déclic de l'appareil. Des visages surtout. Des yeux. Trois heures de destins interrompus. Après ces trois heures de visite : six millions de personnes en moins sur la Terre de 1945.

Gavé d'images et de témoignages, d'histoires et de chiffres, de photos surdimensionnées où chaque fois des yeux trahissaient l'incrédulité et la détresse, François déboucha dans une des dernières salles sous une voûte tapissée de portraits. Des centaines de visages flottaient au-dessus de la tête des visiteurs, fixés au plafond. « Nous sommes là », semblaient-ils dire. « Nous ne partons pas. » Il fallait imaginer ce qu'ils disaient, ce qu'ils auraient dit. Ils formaient une mosaïque oppressante, une sorte de Big Brother de la mémoire douloureuse. Des images sans paroles. Le contraire du carnet.

La directrice du centre de recherche invita François à pénétrer dans une salle, mi-bibliothèque, mi-laboratoire, où se trouvait une dizaine de personnes silencieuses, penchées sur des catalogues ou concentrées sur un écran-loupe, inspectant le détail d'une photo ou d'une annotation. Puis, prenant place derrière un des bureaux, elle fit signe à François de s'asseoir en face d'elle.

— Vous m'avez dit que vous aviez des fac-similés de ce carnet ? demanda-t-elle.

— Oui.

— Après notre échange de courriels, j'ai vérifié auprès d'un de nos archivistes, car je me suis rappelé qu'une survivante de l'usine d'armement Union avait, il y a une quinzaine d'années, tenté de retracer un maximum d'anciennes camarades de travail pour monter le dossier d'une réclamation d'indemnisation auprès du gouvernement allemand.

— Une réclamation ?

— Oui, pendant la guerre, le Reich a tiré d'énormes profits en « louant » les services des déportés à des entreprises, comme la Union Metall Werk. Selon le principe de continuité de l'État allemand, il s'agissait donc d'une réparation pour ce travail forcé.

— Et combien de survivantes de cette usine ont été retrouvées ?

— Un peu moins de 400 sur 1 200. Mais c'était en 1990.

— Vous voulez dire que…

— Beaucoup sont sûrement décédées depuis…

— Donc les signataires du carnet…

— Yad Vashem est le carrefour de toutes les informations, et tous les témoignages passent par lui. Chaque fois, nous conservons les traces de ces témoignages. Il est donc possible, en recoupant ces informations, d'identifier assez rapidement les anciennes ouvrières de la Union Metall Werk qui ont été retrouvées à l'époque de cette réclamation et qui correspondent aux critères que vous m'avez permis d'établir.

— C'est-à-dire?

— Des femmes qui travaillaient dans cette usine en décembre 1944, qui étaient polonaises, françaises ou allemandes, qui ont été évacuées en janvier 1945 vers Ravensbrück et Malchöw, dont les prénoms étaient identiques à ceux que vous m'avez fournis : Guta, Klara, Blanka, Zlatka, Irena…

— Mais comment déterminer si ce sont bien les mêmes femmes, si elles sont…

La directrice poussa devant elle une boîte, l'ouvrit et disposa une dizaine de feuillets en éventail. Il s'agissait d'un questionnaire au bas duquel se trouvait une section « commentaires » où chaque femme retracée décrivait en quelques mots sa tâche à l'usine.

— Voici celles qu'on a retrouvées il y a quinze ans.

— Il y a une Klara.

— Il y en a une effectivement, mais…

— Mais?…

— Si j'ai bien compris votre récit, Klara est celle à qui le carnet et les vœux furent offerts. On ne doit donc pas retrouver sa signature sur le carnet.

— La signature? Vous voulez dire que…

— Regardez. Il y a quinze ans, les anciennes de l'usine Union encore vivantes et qui ont été retrouvées ont signé leur questionnaire pour ainsi attester les faits résumés.

— Nous pouvons comparer les signatures!

— Oui, mais il nous faut prendre en considération le fait que la calligraphie d'une personne peut changer au cours d'une vie, surtout la signature et, dans certains cas, même le nom. Dans le jargon archivistique, je dirais qu'il nous reste maintenant à «recoller les os» en recoupant les signatures du carnet et les nôtres...

François disposa les fac-similés du carnet sur la table. En silence, ils se mirent à scruter les mots, les lettres, l'ampleur des *N*, les hauts des *F*, les fuites des *S*. «Il faut aller sous la loupe», conseilla une archiviste qui venait de se joindre à eux. Les lettres grossies seraient plus faciles à comparer. Cesia n'était pas celle du carnet. Impossible d'être catégorique pour cette Irène. Une Zlatka habitant à Buenos Aires... peut-être... quoique le *Z* fût très différent. Il faudrait téléphoner. En cinquante ans, oui, bien des choses avaient pu changer. Là, une Guta d'Australie, le *G* et le *A* étaient semblables. Deux lettres sur quatre légitimaient largement un coup de fil. Les adresses et numéros de téléphone dataient de quinze ans. L'archiviste se tourna soudainement vers lui.

— Là, ce n'est pas un *L*, c'est un *R*. Ce *A*, c'est un *O* avec une rature. Ce prénom, ce n'est pas Blanka. Regardez de plus près, ici, ce n'est pas un *K*, c'est un *I*. C'est Bronia. Pas Blanka. Bronia.

— Vous êtes sûre?

La directrice le regarda avec sympathie. Bien sûr que c'était Bronia. Bien sûr qu'il aurait dû y penser et refaire ses devoirs après sa discussion avec le fils d'Helena. Blanka, Bronia, Hanka, Bronia... Il n'avait rien d'un fin limier, il n'avait pas le génie romanesque de ces « machines à déduction » qui se débrouillent si admirablement dans les polars. Il suffisait pourtant d'en trouver une, une seule de ces femmes qui puisse lui parler enfin. L'archiviste alla vérifier. Il y avait forcément une fiche « Bronia ». Elle la trouva. Il y avait un astérisque. Elle expliqua : l'astérisque signalait le décès du témoin.

Elle l'invita à juger par lui-même un « cas » concluant : Mina. Tout collait. Même taille, même pression, même épaisseur, mêmes fioritures : cette Mina signait en entamant le *M* et terminait le *A* en amorçant une spirale. Et il n'y avait pas d'astérisque. Au terme de cette drôle de loterie, ils brandirent un autre billet gagnant : Esther. « Nous pouvons passer les coups de fil. » Quelques minutes plus tard, la directrice parlait en anglais au téléphone. Esther Bloom était toujours vivante. La directrice nota le numéro d'une résidence pour vieillards aux États-Unis. Deuxième coup de fil. Oui, elle était là. Pouvait-elle parler ? Non. Elle ne voulait pas. Tant pis. François essaierait à nouveau de Montréal. Il restait Mina.

mina mess. p.38

↳ connais pas très bien, entendue chanter

souviens, pas connu bcp

carnet = signature peur, se sent en vie, anniversaire, banalisation

Quelques minutes plus tard

Mina a raccroché le combiné en ressentant une sorte de raideur dans la main comme si tout son corps finissait, dans ses extrémités, d'enregistrer la surprise. Il y a quelques minutes encore, c'était une journée comme les autres. Elle devait aller retrouver Malwin au café des Druzes qui servent de si bons kinaafa. Et au lieu de ça, elle s'apprête à rencontrer un journaliste canadien et cette dame de Yad Vashem. Les choses parfois prennent de ces tournures… Elle écoutait Bach. *Les suites anglaises.* D'habitude, la musique de Bach, c'est un paysage pastoral qui défile, souvent ce sont des branches d'arbres secouées par le vent qu'elle voit en contre-plongée comme si elle flottait sur le dos. Mais depuis quelques secondes, Bach est un groupe de jeunes femmes qui complotent à Auschwitz. La meneuse de son groupe, Zlatka, a fabriqué – comment a-t-elle fait ? – un petit carnet en forme de cœur. « Il faut signer, il faut faire un vœu pour Klara du quart de nuit, c'est une amie… Elle a vingt ans aujourd'hui ! » Le mot d'ordre avait été passé avec une gravité militaire. Mina a cru que c'était une blague jusqu'à ce qu'elle voie le carnet dissimulé dans les toilettes. Elle ne connaissait pas très bien cette Klara. Elle l'avait entendue chanter. Tout le monde connaissait sa voix.

Elle se rassoit, seule avec Bach. Drôle de journée pour que ce passé revienne à l'improviste. Il fait si beau. Dans les livres qu'elle lit, quand on retrouve quelqu'un, c'est d'habitude pour le punir. Elle se souvient du carnet : signer lui faisait peur, elle se souvient que cette peur lui avait fait du bien. La sonnerie l'éjecte de sa torpeur. Elle va ouvrir la porte : se tiennent sur le seuil François et la directrice du centre de recherche de Yad Vashem. Elle les invite au jardin. Une théière fumante et trois tasses sont placées sur la table sous le parasol.

— Comment m'avez-vous trouvée ?

— Vous vous rappelez avoir répondu à un questionnaire sur l'usine Union, il y a une quinzaine d'années ? demande la directrice de Yad Vashem.

— Vaguement… oui.

— Il y avait vos coordonnées.

François intervient alors comme un acteur qui attendait sa réplique…

— Madame, si vous permettez, j'ai apporté de Montréal des fac-similés des pages du carnet, dont celle qui porte votre signature.

Il lui tend une feuille de papier glacé au centre de laquelle se détache une page plus petite, de couleur jaunâtre et en forme de cœur, très clairement reproduite. Sans quitter des yeux le document, Mina cherche ses lunettes sur la table. Elle s'assied sur le canapé, se penche sur les fac-similés. Ses mains tremblent. Elle ne se contient plus. Elle regarde François en se désignant elle-même comme on avouerait un crime. C'est elle, ce texte, ces mots, ce prénom, c'est bien elle. Elle demande qu'on lui apporte de l'eau, puis lève les yeux vers François. Il est content, il n'est pas venu pour rien.

— Vous souvenez-vous ?

— Je me souviens de Klara, mais je ne l'ai pas beaucoup connue, vous savez. C'était surtout une amie de Zlatka et d'une certaine Bronia, je crois.

Mina garde le silence un moment, les mots, les siens, reviennent se placer en elle doucement avec les images, les souvenirs. Elle récite à haute voix en hébreu.

— Chère Klara…

(… entre deux latrines, si on m'y prend, ce serait trop bête…)

— … quand tu seras vieille…

(… vite, il faut faire vite. Que souhaiter ? Le bonheur, y a-t-on droit encore ? C'est ridicule. Le bonheur, est-ce qu'il y en a encore dehors, ailleurs ?…)

— … prends ce carnet dans tes mains…

(… Et moi, mes vingt ans, pourquoi je ne les ai pas fêtés ? J'aurais dû. Je n'ai rien souhaité. Si j'avais… Klara voudrait la même chose que moi…)

— … mets tes lunettes…

(… Klara veut vivre, Klara veut avoir vingt et un ans. Et moi aussi, je veux avoir vingt-quatre, vingt-cinq, vingt-six ans…)

— … et dis mon nom à haute voix. Mina.

François l'observe avec gratitude. L'exercice de Mina lui fait penser à ces médiums qui se « mettent en contact ». Pour la première fois depuis le début de cette drôle d'enquête, il touche quelque chose, quelqu'un. Mina le regarde, l'air de dire « Que voulez-vous de plus ? »

— Le jour de cet anniversaire de Klara, ce 21 décembre 1944, vous vous en souvenez ?

— C'est Zlatka qui avait tout préparé. Elle était comme atteinte de folie. Elle tenait absolument à souligner les vingt ans de Klara. Quelques camarades de notre atelier ont été chargées de voler ce qu'il fallait, mais moi, je n'ai été sollicitée que pour signer...

— Et Klara ?

— Klara était du quart de nuit si je me souviens bien. Une fois les matériaux réunis, Zlatka s'est mise au travail dans les toilettes.

— Et Klara ? Dites-moi ? A-t-elle survécu ?

— Vous dites que ce carnet est dans un musée à Montréal ? Si Klara était vivante aujourd'hui, vous croyez vraiment qu'elle ne se serait pas manifestée ?

— Vous savez, le musée de Montréal, ce n'est pas Yad Vashem ! Vous êtes la preuve vivante qu'on peut l'ignorer et...

— Oui, oui, peut-être. Je serais curieuse de la revoir. Ce que je peux affirmer, c'est que lorsque nous avons quitté Auschwitz, quelques jours avant l'évacuation, j'ai vu Klara et...

— Oui ?

— Je ne pourrais jurer qu'elle avait toujours son carnet, mais je peux vous assurer que nous sommes toutes parties de là-bas, les filles de la Union... Sauf Cesia.

— Cesia ? Vous avez dit Cesia ?

— Oui.

— Il y a une signataire dans le carnet qui porte ce nom.

— Je peux voir ?

Quand Mina se penche sur le texte, des larmes jaillissent immédiatement. Elle connaissait bien la comptine que Cesia avait écrite dans ce carnet. François a le désagréable sentiment d'être un mauvais génie qui remue un passé douloureux. Mina relève la tête.

— Je peux vous affirmer que c'est elle. Ils l'ont pendue… c'était une amie.

— Je vois.

— Après Auschwitz, il y a eu une longue marche pendant trois ou quatre jours.

— La « marche de la mort » ?

— Oui, on ne nous nourrissait pas, les gens tombaient comme des mouches. On nous a mis dans des trains de marchandises et envoyées à Ravensbrück où je suis restée avec quelques autres filles, alors que la plupart des filles de l'usine Union ont été déplacées vers Malchöw.

— Vous savez, je voudrais savoir comment… enfin, pourquoi vous avez tenu à faire ça pour elle ?

— Klara était gentille, je me souviens qu'elle chantait…

— Le danger était grand ?

— Il était grand pour nous, mais pour elle aussi, si elle se faisait prendre avec ce carnet. Mais c'est Zlatka qui a pris les plus gros risques.

— Quel sens cela avait-il pour vous ? C'était une révolte ?

— C'était un anniversaire ! C'est tout.

— Vous avez célébré d'autres anniversaires là-bas ?

— Non.

— Le problème, c'est que personne ne sait comment ce carnet a abouti à Montréal.

— Si le carnet est là-bas, c'est que Klara est venue à Montréal à un moment donné, vous ne croyez pas ?

— Pour vous dire franchement, je n'en sais trop rien. Le carnet a été donné au musée par sa fondatrice, Dana Brenner.

— Dana, ce nom me dit quelque chose. À la Union, il y avait une Dana dans notre groupe.

— Vous êtes sûre?

— Il me semble…

— Dites-moi, Mina, vous n'avez jamais cherché à revoir ces femmes?

— Vous savez, après tout ça, apprendre à survivre a été un travail à temps plein. J'ai passé dix mois à Auschwitz dont huit avec les filles de l'usine, mais avant ça il y a eu vingt mois de ghetto à Lodz… Dites-moi, cette Dana? Ça me dit vraiment quelque chose. Est-ce que son nom apparaît dans le carnet?

— Non, non, elle n'y a pas écrit de message.

— Je suis presque sûre qu'il y avait une Dana.

— Nous avons retrouvé Esther.

— Oui, une jeune fille sensible et frêle. Elle a survécu? Tant mieux, tant mieux…

— Tout à l'heure, vous avez récité en hébreu, mais vous l'aviez écrit en polonais…

— Le polonais, j'ai décidé de ne plus jamais le parler.

15

QUELQUES ÉCHOS PARVINRENT DE KIEV jusqu'à Montréal, à la suite de l'article de François révélant l'existence d'Ariel Vilinski. Le vieil Israélien refusait bien sûr de se rendre en Ukraine et personne ne pourrait l'y contraindre. Affecté pour un temps aux nouveaux soubresauts du feuilleton de la mafia montréalaise, François dut replonger dans le présent. Il y réussit, difficilement, jusqu'à cet après-midi-là, une semaine après son retour d'Israël, lorsqu'il entendit la voix d'une certaine Megan Lewis de Washington. Touchés par la quête du goy de Montréal, les gens de Yad Vashem avaient fait parvenir sa liste de prénoms à leurs collègues du Musée national de l'Holocauste des États-Unis, qui disposaient d'une banque de données numérisées plus complète et de logiciels plus performants. À l'autre bout du fil, l'Américaine le fit languir avant de lui annoncer la nouvelle.

— Nous avons effectué une recherche de vos prénoms. Vous savez, il n'y a pas de magie... un prénom, c'est...

— Trop peu, oui, je sais!

— Oui, enfin, il y a aussi leur parcours. Nous savons que ces femmes sont allées d'Auschwitz à

Ravensbrück, et ensuite à Malchöw, un des sous-camps de Ravensbrück…

— Alors, vous avez trouvé quelque chose ?

— Nous pouvons faire ce que l'on appelle une recherche d'équivalences. Le logiciel permet alors de retracer les personnes répondant non seulement au prénom ou au patronyme recherché, lorsqu'il y en a un, mais aussi à ceux qui ont été modifiés. Vous savez, une Bronia, une fois aux États-Unis, peut très bien être devenue une Brenda.

— Je comprends.

— Bien sûr, comme cela élargit la recherche, lorsqu'une personne a été identifiée, il faut recouper les renseignements et, pour cela, contacter les témoins qui sont encore vivants. Le processus peut être long. Si vous êtes patient… il y a dans notre liste cette Esther Bloom dont les gens de Yad Vashem nous ont parlé. Vous lui avez parlé ?

— Non, elle semble, disons, réfractaire….

— Oui, bien sûr. Vous savez, même une belle histoire à Auschwitz, cela reste une histoire d'Auschwitz.

François ressentit une grande lassitude, comme celle d'un enfant à qui son père explique que, finalement, ils ne partiront pas en vacances, ou encore celle d'un amoureux à qui une femme répond que « dans d'autres circonstances, ils auraient pu ». Cette histoire l'irritait soudain, précisément comme le ferait une femme compliquée qui…

— Je vous suis très reconnaissant de vos efforts. Si vous trouvez…

— Monsieur Bélanger ?

— Oui, madame ?

— Nous avons trouvé.

— Ah bon ? Avec un prénom ?

— Oui, il faut maintenant attendre la suite. Nous avons posté les demandes d'information, mais il faut que les adresses soient toujours bonnes. Je suis sûre que la Ruth retracée à New York est celle que nous recherchons…

— C'est fantastique !

— Ce n'est pas tout. Dans cette liste, il y a un nom de famille.

— Granovski ?

— Nous avons fait une recherche d'équivalence sonore avec ce patronyme. Nous avons trouvé un certain David Granwall : né à Bialystok, déporté à Auschwitz avec sa famille, dont une sœur… Klara.

— Ce monsieur Granwall, il…

— Il accepte de vous parler. À Auschwitz, il a perdu la trace de sa famille et de sa sœur. Il a rapidement été transféré à Buchenwald où il a été libéré par les Américains. Il a changé de nom « pour oublier et devenir américain », m'a-t-il dit. Il a longtemps cherché sa sœur. Des archives lui ont confirmé le gazage de ses parents. Il m'a autorisée à vous donner ses coordonnées. Il habite à New York.

François raccrocha dans un état de grande confusion. Pendant un moment, Pietro Zanzutto, le chef de la mafia montréalaise, porta le costume rayé des déportés d'Auschwitz et Klara, le châle fleuri des vieilles Italiennes du marché Jean-Talon. L'histoire s'enroulait autour de lui. Quelques mois plus tôt, dans un musée, il avait jeté un coup d'œil sur un carnet à l'abri derrière une vitrine, et il avait laissé traîner son regard assez longtemps pour que l'objet se grave en lui. Il se souvenait très bien que la première image qu'il avait captée était ce *K* brodé sur la couverture du carnet. Klara. Pour pouvoir passer des choses aux êtres, la patience était une solution, la seule. Il attendrait avant de téléphoner à New York. Il lui fallait d'abord rédiger l'article du jour. Le passé pouvait attendre, d'autant plus qu'il ne savait toujours pas ce qu'il ferait de ces bribes d'histoires, de ces pauvres miettes qu'un temps trop ancien jetait à ses pieds. Le temps de décrire les circonvolutions juridiques des avocats de la famille Zanzutto et il parlerait au frère de ce *K* brodé. Le carnet était une navette. Il allait s'y arrimer.

Une heure plus tard, il téléphona à Granwall. Sans succès. Il laissa un message clair : « J'essaie d'apprendre des choses sur votre sœur, rappelez… ». Avant de quitter le bureau, il laissa aussi un message sur le répondeur du fils d'Helena à Toronto. Il attendit un peu. Autour de lui, dans la salle de presse, tous s'affairaient à trouver la formule-choc, la chute prometteuse, l'épithète révélatrice ; tous ses collègues étaient les récitants de l'odyssée du jour, et tous menaient ce combat épique : remplir les trous de leur récit sans avoir à imaginer quoi que ce soit. Ceux dont les sources étaient généreuses n'auraient pas à faire preuve d'imagination. Les autres devraient s'y résigner. Il songea à sa brève rencontre au musée avec Helena, l'automne précédent, comme à un rendez-vous manqué. Il n'arrivait pas à se rappeler ce qu'elle lui avait dit. Il essayait de se souvenir : quelque chose lui avait paru étrange. Elle avait parlé des choses qu'il fallait accumuler. Non, cela n'avait rien d'étrange… Il y avait autre chose. Maintenant, ça lui revenait ; elle avait parlé de l'erreur qui est humaine, mais il avait eu l'impression qu'elle parlait d'une erreur en particulier.

Il recomposa le numéro d'Adam Bronstein, le fils d'Helena, et laissa un nouveau message. « Serait-il possible de demander à votre mère pourquoi, évoquant le carnet, elle a parlé d'une erreur ? » Il n'avait rien à perdre. Peut-être avait-il mal compris. En ce cas, ça ne blesserait personne.

Le journal était situé dans le Vieux-Montréal. François rentra chez lui en remontant la ville le long du boulevard Saint-Laurent. Les premiers festivaliers de l'été convergeaient vers le centre-ville où la musique et le divertissement allaient se propager et les convaincre qu'il fallait croire en ce moment, en ce présent. Ce serait la chanson française en juin, puis le jazz en juillet, puis le rire ; une sorte de bougeotte incantatoire pour qu'en cet ersatz de Fête-Dieu, le dieu de la fête exauce ce peuple élu qui lui sacrifiait tant d'élégance à force de bermudas à carreaux déambulant sur l'asphalte. Sur une scène, des musiciens accordaient leurs instruments devant des spectateurs impatients malgré leurs chaises pliantes et les litres de bière que certains buvaient à même une paille zigzaguant le long de leur corps jusqu'au sac à dos qui contenait la réserve. Il observa un temps cette mise en branle des divertissements qui bien sûr, chaque fois, éloignait l'ennui, ce dangereux délateur capable de révéler le vide. Une fois franchi le quadrilatère du festival, larguant enfin la foule, il laissa derrière lui cette île du bonheur où dodeliner de la tête était un rite indigène. Il s'arrêta plus loin acheter un smoked meat chez Schwartz's, héritier de la culture juive d'Europe de l'Est, puis remonta jusque chez lui où il trouva un message du frère de Klara qui l'invitait à téléphoner le lendemain. Il y avait aussi un message laconique du fils d'Helena. François le rappela immédiatement et, d'entrée de jeu, lui annonça la nouvelle.

— J'ai peut-être trouvé le frère de Klara.

— Vraiment? Elle avait un frère?

— Je crois...

— Monsieur Bélanger, j'ai une triste nouvelle à vous annoncer. Helena nous a quittés il y a maintenant une semaine.

— Je... je suis désolé, je vous offre toutes mes condoléances.

— Merci. Vous savez, elle s'est éteinte doucement. Comme une chandelle, c'est ce qu'on dit. Elle était entourée de sa famille.

— Je suis sûr que ça l'a aidée.

— Vous savez, il y a quelques semaines, elle a évoqué Klara en des termes étranges.

— Ah bon?

— Oui, elle semblait regretter, elle disait que le carnet ne devrait pas être au musée.

— Vraiment?

— Oui, mais elle n'a pas voulu s'expliquer. Elle répétait obstinément: «Il faut fêter les anniversaires. Nous devions célébrer ses vingt ans... Nous le devions. Klara, notre belle Klara...»

— Mais pourquoi?

— Je l'ignore, je ne sais pas pourquoi elle semblait préoccupée, voire culpabilisée.

— C'est incompréhensible. Ce carnet, aujourd'hui, est exemplaire pour tous ceux qui...

— Oui je sais, mais cela m'a paru étrange. Vous le voyez, je ne serai jamais d'un grand secours pour vous dans cette histoire!

— Ne vous en faites pas, et vivez le plus paisiblement possible votre deuil.

— Je vous remercie. Plus tard, quand vous aurez rencontré cet homme, je serais tout de même curieux de savoir…

— Oui, bien sûr.

Helena était morte. Cela donnait une certitude triste, mais un bilan consolidé : cinq signataires du carnet d'Auschwitz n'étaient plus. Cinq restaient introuvables. Il en avait rencontré une. Une autre refusait de lui parler. Et le silence de Klara était assourdissant. François colla au miroir de la salle de bain un Post-it lui rappelant ses tâches prioritaires du lendemain. Téléphoner à Esther Bloom, lui parler coûte que coûte ainsi qu'à David Granovski, dit Granwall. Cela lui parut étrange à admettre, puisque, après tout, il s'agissait d'une histoire si ancienne. Mais le temps pressait.

Le lendemain

Les corridors de la résidence Lior Bronstein à New Bolden au Maryland sont tellement calmes que la mort, lorsqu'elle survient, n'y est jamais une surprise. Une infirmière pousse une vieille dame dans son fauteuil roulant. Si ce n'était du grincement des roues et de l'effet de succion des épaisses semelles caoutchoutées de la jeune femme, le silence régnerait sans partage. Esther Bloom ne parle presque plus. Elle a entamé, il y a déjà quelques mois, la glissade qui mène vers le grand rien. Le rien est toujours grand, mais, chez Esther, il l'est plus que chez les autres. Pas question de faire les choses à moitié. Elle ne va pas partir doucement, peu à peu. Au cours de la dernière semaine, elle s'est réveillée deux fois en ne se souvenant plus de son nom. Lors des éclaircies, elle feint l'absence qui, entre ses «disparitions», lui épargne d'être là. Lorsque ses enfants viennent la voir, elle se loge dans son scaphandre pour les observer, pour épier leurs adieux de son vivant. Au diable, la compassion! Si la mort est un scandale, alors Esther sera ce scandale ambulant, silencieux, insupportable.

La jeune infirmière s'y prend toujours mal pour passer les paliers entre les derniers segments de corridors. En plus, elle lui a posé sur la tête ce chapeau ridicule que sa fille lui a offert, avec le drapeau d'Israël cousu sur le côté. Quelle idée, ce chapeau, pense Esther. Israël aussi. A-t-on idée d'habiter dans la cage aux lions? Pourquoi sa fille la plus jeune a-t-elle suivi là-bas ce mécréant religieux? Au début, avant de partir là-bas, quand sa fille le lui a présenté, Esther a montré au jeune homme, un religieux orthodoxe, son immatriculation tatouée à Auschwitz en lui répétant: «Moi, Dieu, j'ai une preuve qu'il n'existe pas. Et vous? Vous avez une preuve qu'il existe?» Sa fille s'était confondue en excuses auprès de son futur mari et avait mis sur le compte de la vieillesse les dérapages verbaux de sa mère. Et puis, ceux qui ont souffert n'avaient-ils pas un crédit illimité? Ne devait-on pas leur pardonner tous les écarts? Esther n'avait jamais vu ses petits-enfants nés là-bas. Elle recevait parfois des photos par la poste.

Après avoir roulé jusqu'au petit parc ombragé, l'infirmière lui remet un sac rempli de miettes de pain et un exemplaire du *New Yorker*, le même depuis deux mois. L'avantage avec l'Alzheimer, c'est la diminution du coût des abonnements. Esther lève les yeux sur quelques merles qui attendent. D'un geste, elle leur fait signe et disperse la pitance. Au fond du parc, deux autres vieilles discutent en se touchant l'avant-bras. Esther est seule. Définitivement seule. Et fâchée. Fâchée à quatre-vingt-six ans comme on le serait à vingt de ne pas pouvoir choisir sa voie. Rien ne s'est passé comme elle l'a voulu. Rien. Y compris et surtout cette fin qui se fragmente. Il y a des matins où elle se surprend à être de retour dans la vie. Et déçue.

Elle finit par s'endormir dans son fauteuil. À son réveil, l'infirmière lui tend un téléphone. Elle voit aux yeux d'Esther qu'elle n'est pas en état de parler.

— Il vaudrait peut-être mieux essayer une autre fois, monsieur.

— Esther, c'est ce journaliste de Montréal qui a déjà téléphoné, il insiste pour vous parler.

Esther, émergeant, la garde baissée, prend le combiné.

— Madame Bloom ? Madame Bloom, mon nom est François Bélanger, je suis journaliste à Montréal.

— Qui êtes-vous, monsieur ?

— Je… François Bélanger, je suis journaliste…

— Que me voulez-vous ?

— Vous souvenez-vous de l'usine de la Union Metall à Auschwitz ?

— Oui, j'y étais, mais vous savez, je n'ai plus toute ma tête, alors il vaudrait mieux me laisser tranquille.

— Je voudrais savoir si…

— Monsieur, je ne veux pas repenser à tout cela, je ne veux penser à rien, vous comprenez ?

— Je suis désolé, madame Bloom, je ne veux pas…

— Je suis vieille et je suis morte, mais on ne s'en est pas encore rendu compte, vous comprenez ?

— Vous avez l'air plutôt vivante…

— Laissez-moi maintenant, je ne veux pas parler de ça.

— Ce n'est pas de ça que je veux vous parler. Madame, je voudrais juste…

Esther a laissé tomber le combiné. L'infirmière le ramasse.

— Monsieur, monsieur, je crois vraiment qu'il vaut mieux ne pas insister.

— Mademoiselle, laissez-moi lui parler juste quelques minutes encore. Je vous en prie…

Souffrir en silence   ironie   message et son sort
vois sa vie comme un sacrifice

Esther n'est plus tout à fait là. Chaque jour, sa banque de mots est dévalisée. La mémoire est laminée par un adversaire vicieux, sans conventions, un barbare qui saute sur le nom de vos enfants en pleine nuit pour en faire des étrangers. Quand elle se relève d'une de ces batailles, toujours perdues, elle sent chaque fois qu'elle y a laissé quelque chose, qu'un nouveau cran a été atteint, mais dans les mots prononcés par François, quelques-uns sont intacts.

— Madame, le nom de Klara Granovski vous rappelle-t-il quelque chose? Celui de Zlatka? Vous souvenez-vous d'un carnet en forme de cœur, fabriqué dans un atelier de la Union, en décembre 1944?

— J'étais là monsieur, oui j'y étais.

— Je sais, je sais, Esther, vous avez écrit dans ce carnet, n'est-ce pas?

— De la margarine…

— Pardon?

— La margarine, c'est moi qui ai volé la margarine.

— De la margarine, pour quoi faire?

— Il fallait faire un gâteau, qu'est-ce que vous croyez?

— Alors, vous vous rappelez donc…

— Non, je ne me souviens que de la margarine et du pain noir… un… qui êtes-vous, monsieur?

— Un journaliste, madame, je cherche à retrouver Klara et les signataires de ce carnet qui…

— Quel carnet?

— Un carnet en forme de cœur dans lequel vous avez écrit vos souhaits pour les vingt ans de Klara.

Esther remonte doucement, mais elle n'atteint pas la surface. Klara, la margarine, la Union prennent tour à tour toute la place devant ses yeux comme d'immenses diapositives que François lui présente. *Clic.* Le gâteau de fortune déposé sous la paillasse. *Clic.* Klara, la jolie petite Polonaise du quart de nuit. *Clic.* Les ateliers, les surveillants, le cliquetis des boulons. *Clic.* La margarine. Zlatka qui distribue les missions pour la confection du carnet. Esther tourne en rond. Au début, c'est plutôt désagréable, mais elle finit par trouver ça drôle. À ses côtés, l'infirmière attend, inquiète, le prochain lancer du combiné.

— Monsieur, il faut me laisser, je n'ai plus toute ma tête, vous savez.

— Esther, puis-je vous lire le texte que vous avez signé ?

— Quel texte ?

— Écoutez, vous l'aviez écrit en polonais, mais je l'ai fait traduire, écoutez : « La femme souffre en silence, sa vie est un sacrifice, voilà la destinée de toute femme. » Esther ? Esther ? Vous riez ?

— Oui, je ris, monsieur… Je ne sais pas si c'est moi qui ai écrit ça, mais c'est bien possible.

François entend à nouveau le bruit du combiné qui tombe et, en bruit de fond, le rire d'Esther.

17

Le procès d'une des familles alliées des Zanzutto de Montréal débutait à New York. Le chef de la mafia montréalaise, Pietro Zanzutto, accusé lui aussi du meurtre d'un agent double new-yorkais, avait été extradé par le gouvernement canadien. Dès la fin de la première audience, François sauta dans un taxi et traversa l'East River par le pont de Brooklyn. Cela ressemblait à une double vie. « Dans mes temps libres, je cherche des femmes », avait-il répondu à cet ami croisé la veille, lors d'une conférence de presse au quartier général de la Sûreté du Québec à Montréal. Chaque fois, il ressentait une gêne ; il mesurait l'usure de cette histoire à laquelle des musées et des films avaient été consacrés. De l'autre côté du pont se trouvait le frère de Klara Granovski. David Granwall lui avait donné rendez-vous chez lui, dans une luxueuse résidence pour vieillards. À la réception, François dut attendre qu'on vienne le chercher. Il entendit le son métallique du déverrouillage de la porte et vit apparaître un petit homme à la chevelure blanche encore abondante qui affichait un large sourire et lui tendit la main.

— Monsieur Blanger !

— Bé-lan-ger, mais vous pouvez m'appeler François.

— Bon, alors appelez-moi David!

Ils parcoururent en silence le corridor qui menait à l'ascenseur, puis Granwall s'arrêta et attrapa le bras de François.

— Nous avons des choses à nous dire, n'est-ce pas?

— Je l'espère!

François n'avait pu s'empêcher de rire. Granwall aussi avait ri en appuyant sur le bouton de l'ascenseur, comme pour dédramatiser ce qui risquait d'être difficile; des nouvelles d'une sœur après soixante ans dans son cas, une trace de réel inespérée dans le cas du journaliste.

— C'est ici que je vais finir mes jours! s'exclama le vieil homme après avoir ouvert la porte de son studio.

À l'intérieur, une grande fenêtre donnait sur la Upper Bay et le New Jersey.

— La vue sur la statue de la Liberté, c'était trop pour mon budget.

Il avait disposé sur la table quelques photos sur lesquelles s'arrêta le regard de François. Granwall ramena de la cuisine un plateau. Il déposa une théière et des petits gâteaux sur la table du salon et dit d'un air studieux:

— Bon, nous avons quelques petites leçons à réviser ensemble.

François le regardait attentivement pendant que le vieil homme versait le thé. Ce visage était donc un peu celui de Klara, cette absente têtue.

— Ces photos, ce sont…

— Les seuls souvenirs que j'ai pu conserver. Si vous saviez ce que cela m'a coûté!

— Cette jeune femme…

— Klara, notre Klara, oui, c'est elle… à dix-huit ans. J'en ai plusieurs copies. Tenez, je vous la donne. Alors, c'est vous qui commencez ?

— Que voulez-vous dire ?

— Vous savez, j'ai beaucoup de questions à vous poser à propos de ce carnet.

— Est-ce que vous en aviez déjà entendu parler ?

— Il y a une quinzaine d'années, j'ai cessé de chercher. Je n'ai jamais songé qu'Internet pourrait me rendre ma sœur, ou une partie d'elle en quelque sorte, et puis comme vous le savez, je ne m'appelle plus Granovski depuis longtemps…

— Ce visage…, le *K* donc…, marmonna François en pointant du doigt la photo.

— Klara, ma petite sœur. J'étais son aîné de deux ans.

— La dernière fois que vous l'avez vue, ça remonte à quand ?

— À notre arrivée à Auschwitz, au printemps 1944. Nos parents ont été envoyés directement à la chambre à gaz, mon père n'était plus très vigoureux, vous savez…

— Et Klara, vous ne l'avez jamais revue ?

— Je ne suis pas resté à Auschwitz. J'ai été transféré à Buchenwald assez rapidement. Je savais qu'elle avait survécu à la sélection, mais comment dire… c'est vous en quelque sorte qui m'en apportez la preuve !

— J'en suis heureux, croyez-moi.

— Puis-je voir ?

— Oui, bien sûr.

François lui tendit les fac-similés. Le vieil homme ajusta ses lunettes et se pencha sur les messages. Il vit, répété, le nom de sa sœur qui se répercutait chaque fois dans sa tête comme une incantation. Il lisait le polonais. Il n'était pas ému outre mesure, mais presque amusé, tristement amusé devant ces souhaits hallucinants de naïveté, ces messages irréels saluant, le 21 décembre 1944, les vingt ans de sa sœur, mais qui, arrivés jusqu'à lui, n'étaient plus que des lambeaux d'expressions, des espoirs d'hier catapultés de ce lointain passé pour atteindre de façon erratique son studio de Brooklyn, et dont personne, aujourd'hui, ne savait s'ils s'étaient réalisés. Il s'arrêta sur le treizième texte, celui qui n'était pas signé, et il interrogea François du regard.

— C'est l'exception du carnet.

— C'est étrange...

— Quoi donc?

— C'est le seul texte qui soit, comment expliquer? qui me semble réel.

— Que voulez-vous dire?

— Les autres, ces souhaits pour Klara, on dirait une comédie de jeunes filles qui se sont liguées pour jouer à «l'anniversaire de Klara», alors que ce texte, ce n'est pas un jeu: quelqu'un va mourir et, croyez-moi, la mort, c'était la chose la plus réelle à l'époque.

— Je n'avais pas vu ça ainsi...

— Comment le pourriez-vous, mon cher monsieur, vous êtes encore jeune et puis vous arrivez si tard dans cette histoire!

— Oui, je sais, mais...

— Je peux vous parler de Klara au passé, c'est tout.

— C'est déjà beaucoup.

— Klara était, comment dire, entièrement tournée vers le monde. Elle chantait et semblait ne penser qu'aux autres. Je me souviens d'un garçon au ghetto, qui en était tombé amoureux. Elle était incapable de songer à cela, que l'on puisse s'intéresser à elle… elle n'avait pas le temps, elle était fascinée par le monde, tout le monde, croyez-moi. À ce jour, ma sœur reste un des plus beaux spécimens d'humains que j'aie croisés… je…

Sa phrase retomba dans un silence ému. Il était évidemment plus facile de rester un ange lorsqu'on disparaissait tôt de la vue des autres. Granwall se ressaisit d'autant plus aisément qu'il savait que, dans l'accumulation des expériences, dans le frottement à la vie quotidienne, dans la lourdeur gravitationnelle de la vie, trop facilement le souvenir des absents pouvait flotter, glorieux; oui, si on était devenu un souvenir et qu'on n'avait pas eu à subir le test de la durée et l'usure du temps, il était trop facile de gagner la course du plus beau souvenir. Et à ce jeu des fantômes, les vivants, les «persistants», ne seraient jamais que des perdants. James Dean ne serait jamais obèse comme Marlon Brando. Gêné, le vieil homme releva la tête, résolu, et laissa tomber sur la table les fac-similés qu'il tenait dans ses mains…

— Je vais vous raconter un mauvais souvenir.

— Pardon?

— Klara devait avoir quinze ou seize ans. Elle faisait partie de la chorale du quartier. Un jour, elle est rentrée sombre et fâchée à la maison, ce qui était exceptionnel. Je lui ai demandé ce qui se passait. Elle ne voulait pas me le dire. Le repas du soir s'est déroulé dans un silence accablant, car Klara d'habitude l'égayait en nous assaillant de questions. À la fin du repas, j'ai insisté. Était-il arrivé quelque chose? Elle a fini par nous parler de la nouvelle soliste de la chorale. «Elle a une voix hors d'atteinte», a-t-elle dit. Hors d'atteinte?

Je lui ai demandé ce que cela signifiait. Elle s'est enlisée alors dans une explication où je comprenais que Klara éprouvait de la jalousie. Le lendemain, je suis tombé sur Klara qui engueulait la jeune fille à la sortie des classes. J'ai dû intervenir pour qu'elle ne la gifle pas. C'est la seule fois où j'ai été témoin de sa… comment dire, de sa laideur morale.

— Pourquoi me racontez-vous cela ?

— Pour contrebalancer, j'imagine.

— Contrebalancer ?

— Vous avez lu ces textes ?

Il prit un air abattu. Il lut quelques messages, marmonnant en polonais. Pour un cynique, ce carnet pouvait être un livre de prières adressées à une sainte. Granwall était heureux du surgissement de sa sœur après tant d'années d'absence, mais il avait du mal à cacher son irritation devant ce beau portrait ; le carnet ne lui apprenait rien qu'il ne savait sur Klara, et la présence du journaliste ne ferait, il le savait maintenant, que lui rappeler qu'il n'avait peut-être pas fait les efforts suffisants pour la retrouver. Il aurait voulu un détail, ce détail qui, dans les polars, ouvre les écluses et laisse filer les protagonistes vers une nouvelle possibilité, ce détail qui génère l'espoir d'un décodage. Le carnet ne recelait aucun indice. Klara avait eu vingt ans, voilà tout. Ce qu'il voulait savoir, c'était bien sûr si elle en avait eu vingt et un, vingt-deux, vingt-trois… À ses yeux, seul le treizième texte ancrait le carnet dans le réel.

— Mais nous devons travailler, n'est-ce pas ? dit-il à François en cherchant à alléger l'atmosphère.

Il tentait d'excaver des souvenirs précis qui auraient pu aider le journaliste à faire de cette lettre, ce *K* armorial brodé à la laine rouge, une véritable personne. Il lui raconta d'autres souvenirs, des anecdotes, des expressions, des attitudes et cela prit vite une tournure commémorative qui déplaisait à Granwall.

— Vous cherchez, et moi aussi, à savoir si ma sœur a survécu, mais ce carnet ne nous aidera pas, et puis c'est une histoire trop belle pour être vraie, vous ne trouvez pas ?

— Non.

— Croyez-moi, les belles histoires ont toujours des revers.

— Des revers ?

— Oui, il y a toujours un prix à payer. Vous savez, si les nazis avaient trouvé ce carnet, toutes celles dont le prénom apparaît sur ces feuillets auraient payé cher.

— De toute évidence, ils ne l'ont pas trouvé !

François s'était imaginé en héros venant restituer à un vieil homme un peu de sa sœur disparue. Il se trouvait devant un homme déçu et il lui fallait bien reconnaître que le carnet en disait plus long sur les signataires, sur leur culot, que sur Klara. Granwall dit alors d'un ton sceptique :

— Je ne comprends pas comment ce carnet est parvenu entre les mains de cette Dana Brenner.

— Je pensais que vous pourriez m'éclairer.

— Je ne me souviens pas d'une Dana…

Granwall s'arrêta au nom de Zlatka qui était facile à distinguer parmi les signatures moins vigoureuses. Il se leva et marcha pendant un moment le long de la grande fenêtre.

— Il y avait une Zlatka au ghetto de Bialystok. Il y a de bonnes chances pour que ce soit la même qui ait signé ce vœu.

— Une amie de Klara ?

— Oui, je crois même qu'elle était de la chorale.

— Vous vous souvenez d'elle ?

— Oui, petite, jolie, volontaire, une meneuse, une militante aussi. Son père était un des leaders du Bund.

— Son nom, vous…

— Schneiderhaus, ou quelque chose du genre, si je me souviens bien. Son père a été exécuté devant nous lors de l'évacuation du ghetto… Le Schuma ne faisait pas de quartier, vous savez…

— Qu'avez-vous dit ?

— Quoi donc ?

— Vous avez dit le Schuma ?

— Oui, c'était le nom du bataillon qui…

— Ce sont les Ukrainiens qui ont liquidé le ghetto de Bialystok ?

— Il y en avait plusieurs, mais celui-là s'est occupé du secteur ouest où nous habitions. Ils étaient plus féroces encore que les Allemands, vous savez, je ne crois pas avoir vu plus antisémite qu'un Ukrainien…

— Vous avez entendu parler de l'affaire Krylenko ?

— Non.

— Un ancien du Schuma qui habitait à Montréal. Il a été extradé en Ukraine il y a quelques mois.

— Alors, il était de ceux qui…

— S'il s'agit bien du même bataillon…

— Ah, ça oui, on n'oublie pas un tel épisode !

— Alexandre Krylenko, cela ne vous dit rien ?

— Non.

François tira de sa serviette la photo de cet officier qu'il avait longtemps cru être Krylenko dans sa tenue militaire. Depuis le début, il avait gardé dans une même chemise les notes de l'affaire Krylenko et celles du carnet ; son laisser-aller dans le rangement prenait maintenant des allures de prémonition. Granwall examina la photo. Le visage ne lui rappelait rien, mais il tiqua sur un détail.

— Là, sur la photo, à l'arrière, vous voyez cet immeuble ? C'était la salle du Bund de Bialystok…

— Donc, cette photo…, le bataillon de Krylenko est à…, il…

— … il est à Bialystok au moment où notre famille est évacuée.

Krylenko, le vieux chasseur de Juifs, rebondissait à Brooklyn cet après-midi-là comme un jack-in-the-box. Il n'avait fallu qu'une allusion pour que les deux parcours se croisent soudainement. François résuma à Granwall les épisodes de l'extradition, et sa rencontre avec Vilinski. Si l'Israélien avait rechigné à servir de circonstance atténuante, Granwall en revanche, même après cinquante ans, n'aurait pas hésité à accabler le vieil Ukrainien pour l'évacuation de son ghetto. Il se souvenait bien d'un grand gaillard particulièrement violent, mais n'aurait jamais pu jurer qu'il s'agissait du Canadien extradé. François accusait le coup d'un trop-plein d'histoires possibles et impossibles. Il était inutile, il le savait, de tenter de trouver un sens à une telle coïncidence, à cette boucle que le temps composait en faisant se frôler des destins. D'ailleurs, la guerre, était-ce autre chose que ce réseau triste de connexions dans le malheur ? Une fulgurante liaison, dangereuse et globale ? Pourquoi faudrait-il s'étonner que les destins du *K* d'un carnet exposé dans un musée de Montréal et d'un vieil Ukrainien de Rosemont s'y soient effleurés ?

— Tout de même…, dit François.

— Oui, tout de même, c'est étonnant, vous savez, et dans mon cas, c'est vraiment un souvenir presque aussi dur que celui des camps.

— Vraiment ?

— Dans le camp, je n'ai rien vu. Je sais que nos parents y ont été tués, mais je n'ai rien vu. Alors qu'au ghetto…

— Vous auriez pu témoigner.

— Non, je préfère vous parler de Klara. Vous êtes venu pour ça, non ?

Il écouta David Granwall lui raconter les derniers moments de sa sœur… C'était le récit d'une alternance de douleur et de fierté dans la tourmente. Personne dans cette famille n'avait survécu. Depuis longtemps, le vieil homme n'était plus tourné vers le passé. Et le futur, la fin proche, était une perspective aussi triste que ce passé. Il vivait donc barricadé dans le présent. Il avait la conviction que sa sœur était morte.

— Comment aurait-il été possible que nous ne nous retrouvions jamais… Enfin ! Pensez-y !

Si elle avait survécu, ils se seraient retrouvés. Oui, il en était convaincu. Et François aussi.

— Cher monsieur Blanger, je ne vous suis pas d'un grand secours.

— Moi non plus.

— Ce carnet, quand même, ma sœur l'a tenu dans ses mains, il lui a appartenu…

— Oui, toute la question est là : quand a-t-elle cessé de le tenir entre ses mains ?

À l'aéroport, des agents de police procédaient à l'arrestation d'un homme. Le danger ne sautait pas aux yeux. La paranoïa américaine, l'inutile efficacité de ses forces de l'ordre, s'offrait en spectacle au milieu de la foule indifférente et pourtant toute disposée à croire en la menace. L'homme, plus près du clochard que du terroriste, protestait vivement en criant qu'il était américain. Alors qu'on l'interpellait de façon musclée, il prit cet air outré qu'en 1938 un Juif allemand devait avoir affiché. Tous les innocents ne sont-ils pas des Juifs allemands de 1938?

François s'installa à l'un des nombreux comptoirs dont le point commun était l'incapacité de faire un bon café; il en commanda un. Il tenait entre ses mains une copie de la photo de Klara à dix-huit ans. Combien d'années avait-elle eu encore? «Au moins deux», songea-t-il.

2 mai 1947

UN MILITAIRE AMÉRICAIN vient de franchir le seuil d'un immeuble en chantonnant dans un français approximatif. Ses pas lourds dans l'escalier achèvent de l'annoncer. Simone ne se donne pas la peine de lui ouvrir. Il n'y aura pas de préliminaires.

— Allez, ma belle, enlève ta culotte !

— Je garde mon bracelet.

— Tiens, tu peux aussi mettre ma casquette de GI si tu veux, mais tu enlèves ta culotte. Comment tu t'appelles déjà ?

— Sissy.

— Sissy ! Wow, c'est sexy, Sissy ! Tu faisais quoi avant la guerre ?

— Étudiante.

— Tu étudiais quoi ?

— L'architecture.

— Alors ?

— Alors, j'ai fait la guerre.

— La résistance ?

— Pas eu le temps.

— Tu n'es quand même pas juive ?

— Pourquoi tu demandes ça ?

— Je ne sais pas, ça me rendrait mal à l'aise de… enfin…

— Est-ce que j'ai l'air d'une Juive?

— Non, tu as l'air d'une belle petite salope de Française.

— Eh! Comme tu y vas, le Yankee!

— Allez, si tu es gentille, tu auras droit à un bonus.

— Et les filles chez vous, elles sont gentilles?

— *Shut up!*

Il a retiré sa chemise en rigolant et en se parlant à lui-même:

— *Goddam French women... Make me miss Arkansas... Let's have this last one... and leave Toulon.*

Puis en la regardant dans les yeux:

— *Are you a little French princess?*

Elle lui sourit et lui caresse la poitrine.

— Alors elles sont où tes cicatrices? lui susurre-t-elle à l'oreille.

Il guide sa main vers son sexe.

— *Dear Sissy,* marmonne-t-il, puis il éclate d'un grand rire: Vouàlà ma cicatouisse!

Sissy manœuvre lentement. Elle lui pose d'étranges questions:

— Que fais-tu ici? Que me veux-tu? Est-ce que tu m'épouserais?

L'Américain rigole. Il comprend le français.

— *Come on, Sissy, be a nice girl.*

— *A nice girl?* répète-t-elle en riant.

Elle le taquine:

— *A nice girl. I know how to be a nice girl,* lui dit-elle en le mordillant. *I know how to be a nice girl.*

Le pauvre amerloque, peut-être s'est-il bien battu, peut-être mérite-t-il de l'amour? De toutes les filles du petit Chicago toulonnais, Simone est, disons, la moins «expressive». On la prend comme on enfile un gant.

Depuis deux ans, elle s'entraîne à devenir ce gant. Elle y est arrivée. En se levant ce matin, elle a su qu'elle avait atteint ce vide tant recherché. Il y a deux ans, à Malchöw, elle avait cru qu'elle s'en sortirait tellement l'air frais, la liberté, les cigarettes, la nourriture, tout ça enchantait ses jours, rendait la vie retrouvée plus désirable qu'avant.

— Ils n'ont pas gagné ! criait-elle le soir en levant son verre de vodka dans Varsovie qui n'était pas redevenue une ville, qui était encore ce carrefour d'éclopés plus ou moins hébétés d'être encore vivants. Avec Helena, qu'elle avait connue à l'usine Union, elle avait cherché à reprendre pied et rencontré des hommes aussi hébétés qu'elles.

Le corps lourd et gras de l'Américain s'affaire. Il ne parle plus. Il ne rigole plus. Pourquoi, dans le plaisir, les hommes sombrent-ils ? Pourquoi cette drôle de souffrance sur leur visage ?

— Tu vois comme je suis une gentille fille.

— *Yeah, I can see that, Sissy...*

Simone l'abandonne maintenant à son excitation. Le pauvre bougre gémit de plaisir, puis il l'attrape par le bras, la ramène vers lui, la retourne et la plaque contre le matelas en la prenant par-derrière. Elle parle à voix haute pour couvrir les râles :

— J'imagine que tu en as bavé, mon pauvre vieux. Ou peut-être pas. Peut-être es-tu un con de Yankee, hein ? Après tout, vous n'êtes pas tous des héros. Allez, sois heureux, mon vieux, con, pas con, sois heureux...

Il la retourne à nouveau, il ne la regarde pas, elle existe à peine. Le va-et-vient dure quelques minutes encore. Simone lui plante ses ongles dans le dos. Il démarre comme un taureau qui voit rouge. « Pauvre petite bête », pense-t-elle. « Ça lui aurait coûté moins cher de s'occuper de ça lui-même. » Pendant quelques minutes, il reste là à soupirer. Simone est immobile, le boulot terminé, les outils remisés.

— *Too bad I'm leaving tonight, dear Sissy.*

— Trop bête en effet, mon vieux, mais de toute façon, moi aussi je m'en vais.

— *Where do you go ? Paris ?*

— Non, je rentre chez moi.

— *Where's that ?*

— Oh, un bled perdu...

— *Back home, eh ?*

— Je vais me reposer.

L'Américain quitte la pièce en vitesse en rapaillant son uniforme.

— Au revoâr, mademôaiselle Sissy !

Simone reste allongée pendant de longues minutes. Dehors, la pâte sonore du soir commence à lever : la Méditerranée qui s'agite, les enfants déliés des cordages scolaires, les branches des bougainvilliers qui s'activent en grinçant contre les murets, le rire du restaurateur époussetant les chaises de la terrasse au coin de la rue, un téléphone que personne ne décroche, deux femmes dont les voix montent et diminuent selon le cours de leurs allées et venues sous la fenêtre, le bruit de leurs pas sur les pavés, le froissement des feuilles valsant dans le vent, tout cela Sissy l'entend, le boit jusqu'à la lie. Cette douce cacophonie qui arrive d'en bas et du large, c'est l'orchestre qui s'ajuste dans la fosse. Et ce soir, c'est un requiem.

Contrairement à son habitude, Simone ne se lave pas. Le soldat est son dernier client de la journée. De l'autre côté de la Méditerranée, l'autre partie rescapée de sa famille vit près de Haïfa, un jeune frère robuste qui a dû faire pour survivre des choses dont il ne parle jamais. Deux ans. Deux ans déjà et le passé ne s'en va pas. Deux ans que le quotidien est une anomalie. Se prostituer, c'est être au diapason. Simone est nue. Elle retire son bracelet qui couvre le numéro tatoué sur son poignet : 23 458. À son arrivée à Auschwitz, il y avait devant elle 23 457 Zlatka, et 23 456 Helena. Elles avaient fraternisé dans l'euphorie de la sélection chanceuse. À gauche. La vie. Elle s'approche de la fenêtre et l'enjambe. Ce soir, elle va à droite. Au bas de l'immeuble, personne. Elle jette un dernier regard derrière elle. Elle ne laisse pas grand-chose. Lors de la fouille de la chambre, les gendarmes trouveront quelques dollars américains, un bracelet en tissu mauve et quelques vêtements, rien de très révélateur pour l'enquête.

Le lendemain, à Little Rock en Arkansas, se préparant à nettoyer les vêtements de son mari revenu d'Europe, Mary Traulers trouve dans la poche arrière de son pantalon un bout de papier sur lequel est écrit en français : « Ne perds pas espoir. Survivre, ce sera gagner. » Et, ajouté au stylo, dans la marge de la phrase raturée : « Ils ont gagné. Simone ».

— *Bob, who's Simone ?*

— *I don't know, dear.*

L'Américain se verse un scotch en songeant, à propos de cette Sissy : « *Little bastard.* »

19

FRANÇOIS ATTENDAIT que tous les dignitaires se soient engouffrés dans la salle ; un vieux réflexe de journaliste. Il observait la foule avec cette curiosité intéressée : l'homme aux cheveux frisés et grisonnants qui venait de l'effleurer, n'était-ce pas Moe Fleiberg, le grand producteur de cinéma ? Cet autre, Ivan Rotman, le propriétaire d'une chaîne de magasins de vêtements ? Et cette dame à l'air contrarié, Deborah Fleischman, l'architecte philanthrope ? La « communauté », ce sous-produit si acceptable du nationalisme, était cette chose, présente, donatrice et soucieuse, anglophone, et impeccablement incarnée en cet après-midi où l'on célébrait la fondation des « amis du musée ». Le jeune directeur lut un texte sobre et donna la parole à des « survivants » comme le voulait la tradition ; elle durerait encore le temps que s'éteignent les voix usées par le devoir de mémoire ; après, il y aurait les enfants de survivants et, plus tard, les petits-enfants ; dans ce relais des générations, la mémoire se tendrait et s'amincirait peu à peu jusqu'à devenir un fil ténu, même pour la culture juive, si rigoureusement mémorielle.

Le photographe du journal passerait plus tard. François n'écoutait pas les discours, même s'il s'était porté volontaire pour cette affectation. Il rédigerait un court texte sur cet « îlot de triste mémoire au cœur de Montréal ». L'Amérique était oublieuse. Montréal était américaine. Le musée était un grain de sable dans la mécanique de l'oubli. C'est ce que disaient tous les tribuns qui se succédaient en cette matinée d'été : donateurs, survivants, politiciens. C'était le message le plus incontestable qu'avaient inlassablement martelé les individus d'un certain âge. C'était ainsi : plus la vie « passait », plus le passé prenait de la valeur ; plus les années s'accumulaient, plus on tentait de convaincre les jeunes que ce passé constituait un vrai capital. Les nouvelles générations « sensibilisées », « conscientes », « se souvenant » ne seraient jamais autre chose que le résultat d'un dressage, car il n'y a rien d'aussi peu naturel pour un jeune que de se soucier du passé, aussi tristement fondateur puisse-t-il avoir été pour ses parents. À l'arrière-scène de cet exercice oratoire convenu, François se tenait en retrait comme un policier en civil attendant que se trahisse un coupable. C'était bien inutile. Il le savait. Son intérêt pour le carnet était comme la passion tardive et risible d'un quinquagénaire pour une très jeune femme.

Le directeur remonta sur scène pour clore le cycle des discours qui précédait celui de l'alcool et des mondanités.

— Je suis très heureux de convier une personne spéciale à venir s'adresser à vous. Elle est venue expressément de New York pour être parmi nous aujourd'hui : Sally Bremner, la fille de Dana, notre chère et regrettée fondatrice.

François observa attentivement la femme qui montait sur scène. Des cheveux poivre et sel ondulants ornaient un visage rond et volontaire qui affichait une assurance rieuse. Elle sortit deux feuillets, les déplia nerveusement sur le lutrin et ajusta de petites lunettes rondes qui rappelaient celles empilées dans l'une des salles du musée d'Auschwitz. Après avoir salué les dignitaires, Sally Brenner fit une brève allocution.

— Comme vous le savez, ma mère, Dana, nous a quittés il y a plus de deux ans déjà. Je suis venue aujourd'hui pour lui rendre hommage. J'ai pu récemment consulter certains des écrits qu'elle a laissés et grâce auxquels j'ai pu prendre toute la mesure de ce qu'elle a vécu. Quand Dana a mis sur pied la collection de ce musée, elle a cherché à constituer une mémoire matérielle représentative de cette tragédie dont elle fut une des nombreuses victimes, certes, mais c'est en tant qu'anthropologue qu'elle s'y est attelée. À l'origine, ma mère avait réuni précisément quatre cent cinquante-deux artéfacts pour la collection. Aujourd'hui, le musée en possède deux mille. Dana Brenner a dû contacter méthodiquement nombre de foyers de survivants, retracer plusieurs de ses propres camarades qui avaient traversé la guerre comme elle, et convaincre certains de se départir de souvenirs précieux pour les offrir à la mémoire collective. Parmi ces objets, il y a le carnet de Klara Granovski. Il occupe toujours, comme vous le savez, une place spéciale dans ce musée. J'ai toujours su qu'il occupait aussi une place spéciale dans le cœur de Dana. Il porte le numéro 453 et c'est le dernier artéfact à avoir été intégré à l'exposition. Je comprends mieux aujourd'hui pourquoi Dana a pu hésiter. Ce carnet appartenait à une amie très chère. Pour un esprit scientifique comme celui de ma mère, il a pu y avoir un malaise à mélanger histoire personnelle et histoire collective. Mais comment concevoir que le carnet de Klara puisse rester dans l'ombre? Cet objet et tous les autres que contient ce musée perpétuaient en quelque sorte la vie de leurs propriétaires. Dans ce cas-ci, Klara, une jeune femme que la folie destructrice a condamnée à célébrer ses vingt ans en enfer. Celles qui ont signé des vœux sur ces pages ont commis un crime pour l'humanité. Si ma mère était là aujourd'hui, elle dirait que c'est ce qui compte, que c'est ce qu'il faut retenir. Qu'il manquera toujours des objets de culte à la dignité. Je me suis toujours expliqué la discrétion de ma mère, à propos de cet objet et de sa première propriétaire, par son tempérament scientifique. Je réalise aujourd'hui qu'il s'agissait d'une pudeur et d'une grande fidélité. Et à vous qui restez généreux et fidèles, elle aurait encore dit aujourd'hui: «Merci au nom de tous ceux qui, même disparus, continuent de vivre dans notre mémoire.»

Les applaudissements s'épuisèrent rapidement dans l'ambiance naissante du cocktail. Au milieu des images de l'Holocauste qui tapissaient les murs du musée, les rires et les tintements de verre montèrent comme un antidote sonore à la tristesse du lieu. Tous semblaient satisfaits de la tournure des choses malgré tout, malgré la lassitude des autres, malgré, oui, «l'overdose de Shoah», malgré l'hécatombe du temps, plus implacable encore que les nazis, malgré la puissance d'Israël qui tenait éloignés d'un musée de l'Holocauste les goys irrités. Un cocktail n'était pas un lieu pour être pessimiste et rappeler la désagréable et persistante confidentialité du petit musée montréalais.

François s'avança au milieu de la foule, intrigué par les propos de Sally Brenner. Pourquoi avait-elle insisté ainsi à propos du carnet? Qu'était-ce, à la fin, que cette «pudeur» de Dana? Pourquoi se serait-elle passée d'un souvenir si précieux pour son musée? En quoi sa mère avait-elle été fidèle? Et à qui? Il arriva près de la fille de Dana Brenner et se présenta.

— Ah! c'est vous le journaliste? On m'a parlé de votre enquête sur le carnet. Vous avez retrouvé Mina, paraît-il?

— J'ai parlé à Esther aussi. Il semble qu'une Zlatka vivant en Argentine et qui aurait changé de nom puisse être l'une des signataires, mais je n'ai pas encore pu la retracer.

— Quel dévouement! Dommage que ma mère ne soit plus là.

— Je me disais justement que vous pourriez peut-être m'aider à comprendre. Par exemple, comment votre mère s'est-elle procuré le carnet?

— Je sais que cela va vous paraître étrange, mais je ne peux pas vous le dire. Si ma mère avait voulu que l'on sache, elle aurait tout consigné dans la notice accompagnant l'artéfact.

— Mais vous le savez.

— Croyez-moi, ce n'est pas par mauvaise volonté, mais je me dois de respecter la volonté de ma mère. Je crains de ne pouvoir être d'un grand secours.

— Et Klara?

— Il paraît que vous avez retracé son frère?

— Oui, il vit à New York sous le nom de David Granwall.

— Vous savez, il y a des choses qui sont exclusivement privées, même dans une telle histoire.

— Oui, bien sûr.

— Monsieur Bélanger?

— Oui?

— J'aurais besoin de le contacter. Je voudrais le rencontrer. Après tout, ce carnet lui appartient un peu, et puis…

— Oui?

— Enfin non, ce n'est rien, mais il faut que je lui parle.

François donna à Sally Brenner le numéro de téléphone de Granwall. Elle le remercia, prit congé et se dirigea vers la salle du carnet dans laquelle elle entra. Il la suivit. Il ne comprenait pas, mais il sentait quelque chose. Il s'arrêta au bout du corridor et vit quelques personnages officiels venus examiner l'artéfact, intrigués par les propos de la fille de Dana. Sally Brenner alla s'asseoir à l'endroit précis où François avait aperçu Helena quelques mois plus tôt. Le photographe du journal vint lui dire qu'il avait terminé et qu'il partait; on avait besoin de lui pour capter une manifestation au centre-ville. François s'approcha d'une des tables de la réception et prit deux coupes de vin. Alors qu'il entrait à nouveau dans la salle, il vit Sally Brenner, seule et en pleurs. Il s'arrêta et rebroussa chemin en se disant que, décidément, dans ce casting, il tenait le rôle de l'intrus.

18 avril 1985

CET APRÈS-MIDI, des universitaires venus du monde entier sont réunis à Montréal dans le cadre d'un colloque. Dana a voulu frapper un grand coup. Elle a réussi à attirer à Montréal des universitaires prestigieux, dont le plus célèbre parmi les rescapés de la Shoah, l'écrivain Élie Sheinel. La salle du Centre Saydie Bronfman est pleine à craquer pour écouter le nobélisé :

— … et c'est ainsi que dans les camps de concentration, malgré le désir et malgré l'effort du tueur pour déshumaniser la victime, je pense qu'il n'a réussi qu'à se déshumaniser lui-même. Moi, je pense que la victime ne s'est pas humiliée. La victime en souffrant et en mourant, ou en survivant, ne s'est pas déshumanisée. Il y avait quand même une grande tendresse chez les victimes. Des gens ont donné leur pain, leur soupe ou leur travail. Des gens ont souri simplement pour essayer d'encourager un compagnon. C'est cette tendresse-là, d'ailleurs, qui fait défaut dans la littérature. On ne raconte que la cruauté, ce qui est justifié, on ne raconte que la douleur, ce qui est normal, mais on ne raconte pas la tendresse. Un jour viendra où, sans oublier l'inhumanité des bourreaux, on insistera sur l'humanité des victimes. Mesdames et messieurs, je vous remercie.

Des applaudissements nourris saluent la sortie de scène de l'homme aux traits tirés, incarnation de la noblesse du rescapé, de sa victoire aussi, car chez Sheinel il n'y a ni désir de vengeance, ni amertume, ni même une trace de la nuit dans laquelle il a été enfoncé. Sheinel aurait-il été cet homme exemplaire sans cette épreuve ? Qui peut mesurer jusqu'où l'adversité est nécessaire ? Sheinel est venu rappeler que le mal ne vient jamais seul, sinon il serait victorieux. Pendant qu'il serre des mains dans l'auditorium bondé, une dame s'approche et l'interpelle.

— Monsieur Sheinel ! Monsieur Sheinel, avez-vous un moment ?

— J'ai peur que non, madame, on s'occupe tellement de moi que mon agenda est plus chargé qu'à Buchenwald !

— Je m'appelle Guta Richke. J'ai été déportée à Auschwitz début 1944...

— Richke, l'allocution sur la résistance à Auschwitz, c'est bien ça ?

— Oui, je suis venue d'Australie, université de Brisbane...

— À Auschwitz, vous étiez une ouvrière spécialisée, n'est-ce pas ? Étiez-vous à la Farben ?

— Non, à l'usine d'armement de la Union. Écoutez, j'ai appris ce matin quelque chose qui donne à vos propos une certaine... résonance, disons.

— Que voulez-vous dire ?

— Je ne veux rien dire, je voudrais juste vous montrer quelque chose. Donnez-moi dix minutes, je vous en prie.

Sheinel la dévisage. Il comprend qu'il serait indécent de ne pas trouver ces dix minutes. Et puis, sa curiosité est piquée.

— Où se trouve cette chose?

— De l'autre côté de la rue.

— Alors, allons-y.

Sheinel prétexte une urgence pour faire patienter l'attachée de presse qui s'occupe de lui, puis il s'éclipse en compagnie de Guta. Dehors, les participants à la conférence profitent d'un soleil d'été égaré en avril. Guta tente de maîtriser son excitation. Sans réfléchir, elle glisse son bras sous celui de Sheinel avec qui elle traverse la rue.

Elle s'immobilise devant l'immeuble situé juste en face, de l'autre côté du chemin de la Côte-Sainte-Catherine.

— C'est ici, au rez-de-chaussée.

Sheinel n'a pas le temps de lire au complet le panneau de l'entrée, mais il y a aperçu le mot «holocauste».

— Mais, c'est ce musée où…

— Oui, nous devons le visiter demain, le musée a été inauguré il y a un mois.

— Mais…

— Je veux vous montrer quelque chose.

À l'entrée, un jeune préposé ne reconnaît pas le célèbre écrivain et l'informe sur le prix de la visite.

— Nous participons au colloque, nous viendrons demain, mais je veux montrer un de vos objets à monsieur Sheinel.

L'employé les laisse passer et ne semble nullement impressionné par le nom sur lequel son interlocutrice a pourtant insisté. Au fond de la salle, elle aperçoit le carnet. Guta est alors rattrapée par l'émotion contenue depuis ce matin, depuis qu'elle a appris qu'on l'avait « sorti » du camp. Elle a du mal à y croire. Elle se souvient très bien de leur départ d'Auschwitz sous les menaces, avec leur gamelle et leur cuillère pour seuls bagages. Sheinel se penche pour lire le carton. Voilà ce dont il parlait tout à l'heure. La tendresse, cette petite chose qui sauve tout. Guta reste silencieuse. Sheinel se tourne vers elle.

— Chère madame, il n'y a rien à ajouter. Vous étiez une de ces jeunes femmes, n'est-ce pas ?

Il prend Guta dans ses bras. Et la très respectée sociologue de l'université de Brisbane fond en larmes. Elle dit « merci ». Sheinel lui souffle « chut » dans l'oreille, comme le ferait un père. Et la professeure Guta Richke pleure pour la première fois depuis des années. Pas pour le mal qu'on lui a fait, mais pour le bien, auquel elle a participé et qui est exhibé là, devant eux. Alertée par le jeune employé qu'un certain monsieur Sheinitel venait d'entrer, la directrice du musée, Dana Brenner, marche vers les deux visiteurs, mais s'arrête à mi-chemin en découvrant la scène. Se dégageant enfin, Guta s'excuse. Sheinel lui offre son mouchoir.

— Vous les connaissiez bien, ces femmes, et cette Klara ?

— Je ne connaissais pas Klara. Sinon, une seule chose d'elle. Qu'elle avait offert la veille sa ration de pain à une jeune Tchèque à l'agonie ! Ça m'avait impressionnée. Vous savez mieux que moi quc donner sa ration de pain, c'était du suicide.

— Mais écrire ces textes et fabriquer ce livre, ça l'était un peu aussi.

— Notre chef d'atelier, une certaine Zlatka, était son amie, c'est elle qui a pris le plus de risques en fabriquant ce petit carnet.

— Et vous ?

— Je suis sur une de ces pages. Le message d'une fille de dix-huit ans.

— Vous vous souvenez de…

— Oui, depuis ce matin, j'ai réussi à le reconstituer.

Elle lui dit en polonais : « Chère Klara, tu as vingt ans. Je te souhaite d'avoir la chance un jour d'en avoir trente, quarante… jusqu'à cent ! Encore de joyeux anniversaires. »

— Votre souhait s'est-il réalisé ?

— Je l'ignore.

Alarmée par la disparition de l'écrivain-vedette, l'attachée de presse a rejoint Dana à l'entrée de la salle. Sheinel vient de l'apercevoir et lui fait signe. Il prend à nouveau Guta dans ses bras.

— Soyez toujours fière d'avoir fait ça. N'oubliez jamais que vous avez été cette jeune fille.

Guta a les yeux rivés sur le carnet. Elle lui répète tout bas « merci ». Sheinel lui serre le bras en guise d'au revoir. Après s'être éloigné, il se retourne et lui dit :

— Ces dix minutes ont été un honneur, madame.

En quittant la salle, Sheinel salue Dana et lui souffle :

— Vous avez là un précieux artéfact.

Dana acquiesce. Sheinel repart, puis s'immobilise encore et revient vers elle.

— Vous en étiez, vous aussi ?

Dana se contente de sourire, puis va rejoindre Guta. Sheinel jette un dernier coup d'œil sur les deux femmes qui s'enlacent. On dirait deux vieux GI sur une plage de Normandie.

21

Ce n'était pas Cape Cod, ce n'était pas les Rocheuses ni le Sahara, ni Terre-Neuve ni l'Amérique du Sud qui lui échappaient cet été encore. François s'était levé tôt pour arpenter le lieu tranquillement. En quittant l'hôtel, il fit un détour pour passer devant le portail de Birkenau. À trois cents mètres, il aperçut des gens rassemblés devant un bâtiment austère, conforme à l'esthétique du lieu, tout en briques rouges, imposant sa tristesse immuable aux regards. En s'approchant, il distingua mieux la croix qui coiffait l'édifice. Arrivé au bout de la route, il dut se rendre à l'évidence : des gens y priaient Dieu. Pas seulement des vieillards ou des sexagénaires résignés, mais des plus jeunes, des couples avec des enfants, quelques adolescents. Faute de places à l'intérieur, ils étaient une cinquantaine, agenouillés sur les marches et à même l'entrée caillouteuse, tandis que les injonctions du prêtre, répercutées par une sono chevrotante, scandaient la liturgie catholique. Il ne comprenait pas le polonais, mais il pouvait déceler qu'ils en étaient rendus à ce moment où le prêtre recommande le pape et l'évêque du diocèse aux prières des fidèles : Benedikt, un tout nouveau pape. La scène était une illustration de « l'éternel retour », car enfin, ce que voyait

François, c'était des Polonais qui s'inclinaient devant l'Allemand.

Ces campagnards semblaient traîner encore un peu du « socialisme réel » dans leur regard éteint. Ils priaient Dieu sur le lieu même où plus d'un million d'hommes et de femmes avaient été amenés, selon toute vraisemblance, à perdre la foi. Birkenau, que l'on nomme aussi Auschwitz II, se dressait en face, de l'autre côté de la route. C'était un terrain vague, hérissé de cheminées obsédantes, seuls vestiges subsistant, béquilles de la mémoire. Quelques rares baraquements, étalons de mesure de l'univers concentrationnaire, pour l'essentiel situés dans la zone réservée aux femmes, étaient encore debout, ainsi que le portail. L'arche d'entrée formait ce *O* désormais célèbre, icône universelle de la gueule gourmande du Moloch. Les ruines du camp, où avaient eu lieu les sacrifices, étaient à portée de voix du prêtre polonais qui invitait les fidèles à prier, à croire en Dieu, à aimer leur prochain. Certains paraissaient assez vieux pour avoir conduit des trains, rétabli des contacts électriques, creusé des fosses, déroulé des barbelés ou réparé des conduites de gaz ; assez vieux pour s'être agenouillés devant d'autres dieux. Le regard de François alternait entre les fidèles et, en face, le kilomètre carré de ruines qui constituait le plus célèbre argument *de facto* démontrant que si Dieu existait, il n'était pas « partout » comme on le lui avait martelé pendant toute son enfance. Il marcha un peu à l'écart. Après tout, une messe n'est pas un spectacle pour un touriste importun. Sur un panneau près de la seconde entrée du bâtiment, on pouvait lire que cet édifice abandonné avait été donné à la commune de Brzezinka au début des années quatre-vingt, et était devenu une église catholique. Il avait été construit en 1941 pour permettre au nouveau complexe d'Auschwitz II d'avoir un commandement séparé. Il fallait déléguer. Birkenau, *success story* nazie. Plus ou moins cent mille personnes avaient été parquées là. Jamais longtemps les mêmes.

François resta longtemps à observer les fidèles, puis quitta la scène pour s'engager sur le sentier qui longeait la façade ouest du camp, en contournant la barrière qui en interdisait l'accès aux autos. Il se retourna ; la messe était finie. Les fidèles se serraient la main, discutaient, ils allaient rentrer chez eux et manger le repas dominical. Ils vivaient près de Birkenau, voilà tout. Il ne fallait pas en faire un plat. Ils n'allaient pas se réveiller tous les matins en se disant « Oh ! mon Dieu, dire que c'est ici que... » Certains avaient paru gênés par le regard de François. Il n'arrivait pas à croire que l'on ait pu transformer cet endroit, que l'on ait pu recycler un tel passé ; qu'un poste de commandement SS puisse devenir une église du Christ, que la foi en l'avenir puisse germer dans cet endroit qui avait été si terminal. L'idée qu'on y soit passé à autre chose le choquait. Mais peut-être, après tout, était-il possible de combattre le mal par le bien ? Dire l'amour là où il semblait s'être tu pour des siècles. Combien d'incantations religieuses seraient nécessaires pour annuler l'écho des bergers allemands dont les aboiements couvraient si efficacement les cris des hommes qui allaient mourir ?

À deux kilomètres de là, la carcasse de la Union Metall Werke avoisinait le musée national d'Auschwitz. Les carreaux brisés et la végétation envahissante trahissaient l'abandon. François marcha un moment entre les rails qui longeaient l'édifice, souvenirs corrodés de la mort industrielle. Puis, après avoir arpenté les environs où des monceaux de pierres et de pneus jalonnaient le parcours, il s'approcha d'une des entrées de l'usine. Un écriteau spécifiait en polonais : « Propriété privée ». Une partie du grillage avait été sectionnée. Il pourrait toujours jouer l'innocent unilingue. Des cannettes de bière, des mégots de cigarettes et quelques bouteilles de vodka jonchaient la bande de terre le long du mur de l'usine. Il trouva une autre brèche dans un mur effondré. À l'intérieur, l'ancienne usine recelait peu de surprises : un ventre vide et immense, jalonné de colonnes rongées par l'humidité, un sol bétonné entamé par le lichen et l'herbe où les trous le disputaient aux anciennes trappes, un poste de garde encore intact, un toit en verrière d'où s'écoulaient des restes de pluie ; le lieu était intensément vide, c'était le décor du temps passé, un passé abandonné, les acteurs semblaient avoir déguerpi. Rien ne laissait deviner ce qui s'y était déroulé. Il avança lentement, surpris par la beauté du lieu, sa clarté. La lumière matinale entrait par le toit et inondait ce qui, autrefois, avait été la salle où Klara et ses amies avaient dû s'échiner au contrôle de la qualité des pièces d'armement.

Cet endroit avait été encombré de tables de travail, de femmes chauves, il avait résonné des cris scandant le rythme. C'était là que Simone, Rachel, Helena, Cesia, Bronia, Hanka, Mina, Zlatka, Esther, Irène, Ruth, Guta et Klara avaient vissé des boulons, trié les pièces, vérifié les encoches, jaugé l'huile des charnières, c'était là qu'elles n'avaient pas pu rire, ni sourire, ni parler, ni vivre, ni espérer. C'était là qu'elles avaient « célébré » les vingt ans de Klara Granovski. Il savait maintenant qu'elles ne formaient pas un de ces groupes d'amies qui organisent des retrouvailles émues. Certaines se connaissaient depuis peu. La faucheuse nazie s'était assurée du roulement du personnel. Celles qui avaient survécu ne s'étaient pas revues dans un « conventum de l'usine Union d'Auschwitz » ; celle qui avait reçu le carnet ne l'avait pas conservé en souvenir de « l'amour au cœur du mal ».

L'état des lieux se résumait à une guerre de tranchées entre la végétation et le béton. François tenta d'imaginer des SS routiniers, des jeunes femmes comploteuses, des mains tremblantes, le visage de Klara..., souriant, peut-être même heureux. Pour le visage de Klara, c'était facile, il avait avec lui la photo offerte par son frère. Il se tourna vers Zlatka. Elle était en train de rassembler les matériaux, elle s'affairait. Et Mina se tenait là aussi. Il n'en tenait qu'à lui pour que tout cela revive. Il fallait juste imaginer. Imaginer, la défaite du journaliste. Sans cet effort pourtant, la salle de l'usine demeurerait un grand vide décrépi. Il imaginait donc qu'à la fin de son quart de travail, en quittant les lieux, Zlatka caressait le bras de Klara et lui disait sans un son, seulement avec les lèvres : jo-a-yeux a-nni-vers-saire. Il imaginait Klara ce jour-là, plus téméraire, chantonnant quelque chose entre deux rondes de la surveillante. Après tout, c'était le jour de ses vingt ans. Il imaginait Helena, la vieille dame assise du musée de Montréal, il l'imaginait plutôt debout à une des tables qui n'étaient plus là... Il imaginait des bras tatoués de chiffres, écrivant des mots. Il imaginait un outil qui tombe, un frôlement en passant, une bise mimée à la sauvette entre les rondes et une course nocturne entre deux faisceaux lumineux projetés d'un mirador. Il imaginait, oui, cette Zlatka aux mains expertes fabriquant, cousant, brodant, collant ;

Zlatka qui avait écrit en gros caractères, par manque d'instruction peut-être : ***Wolność! Wolność! Wolność!*** Tout était possible. C'était leur victoire. Et Klara leur faisait du bien, ça leur faisait du bien qu'elle ait vingt ans. Il imaginait Klara qui disait « Vous êtes folles ! » Il pouvait imaginer combien ça leur faisait du bien de se sentir folles, combien ça les rendait normales ; que cette folie les portait au-delà de ce qui leur restait d'espérance. Quand les signataires du carnet avaient quitté l'usine ce jour-là, certaines, il en était sûr désormais, certaines avaient eu le sourire aux lèvres. Il voyait Esther modelant laborieusement un « gâteau » avec de la margarine et du pain. Esther, il l'imaginait plus aisément grâce à leur discussion, hélas trop brève. Il l'entendait rire. Il savait comment elle riait. Ça, au moins, il n'avait pas à l'imaginer. Tout s'était déroulé ici même, dans cette usine suintant l'humidité. Le silence opaque qui y régnait était une copie carbone des ordres gueulés à des jeunes femmes récalcitrantes. Pendant encore de longues minutes, François déambula dans ce décor du passé à moitié démantelé. Il y avait là quelque chose comme l'odeur du temps.

La rumeur du monde qui s'ébranlait dehors commençait à pénétrer l'usine et sortit François de sa rêverie. Ses personnages avaient l'épaisseur d'un drap : les fantômes de l'usine Union Metall Werke, les amies de Klara Granovski. Il sortit finalement de l'usine et se retrouva au soleil. Dehors, les bus manœuvraient lentement dans le parking du musée. Les premiers touristes débarquaient à Auschwitz et s'apprêtaient à visiter l'un des lieux les plus maudits de l'histoire humaine. Il venait, lui, de visiter le site d'un anniversaire.

Zlatka amie à la chorale avant le camps
→ prise de risque pour carnet

Carnet : risqué sa vie pour le carnet et l'a créé

21 décembre 1944

— Prêt ?

— Affirmatif, commandant !

— Pluto Alpha Roma. OK, cible à midi ! Dans dix secondes…

La cible n'est pas celle d'un mitrailleur. Brandford Kerr, photographe de l'armée américaine, ne doit pas la rater. C'est un *one-way*. L'appareil est fixé sur des rails stabilisateurs et inséré dans une ouverture du plancher du bombardier pour faciliter les prises en plongée. Kerr doit prendre le maximum de clichés du complexe industriel. Ils serviront à reconnaître les dégâts des bombardements stratégiques. À Auschwitz, ce ne sont ni les chambres à gaz ni les crématoriums qui intéressent ses supérieurs, mais bien les usines du complexe Farben et Union Metall ainsi que le complexe Buna à Monowitz, appelé aussi Auschwitz III. « Sommes au-dessus de la cible. » Kerr reconnaît l'assemblage et l'alignement des baraquements qu'il a déjà appris à décoder sur les photos que les Britanniques ont prises en août. Il attend quelques secondes pour que le complexe industriel soit juste au-dessous de lui. Les usines sont là. Dans l'objectif, il arrive à distinguer des individus qui se déplacent et quelques SS qui sortent la tête des miradors.

Zlatka longe l'usine, accompagnée d'une kapo. L'interrogatoire a été violent. Elle a cru que c'était la fin. Elle doit rejoindre son groupe à l'intérieur. Dans les toilettes de l'usine, elle retrouve Bronia. Zlatka lui sourit et pointe un doigt vers le ciel.

— Écoute ! Ce sont les Américains.

— Ils sont venus finir le travail ?

— Qu'est-ce qu'ils attendent pour bombarder, ces salauds ?

L'œil tuméfié, Zlatka fait comme si de rien n'était. Bronia la dévisage comme un psychiatre inquiet observerait un patient.

— Qu'est-ce qu'ils t'ont fait ? Ils t'ont battue ?

Tout à l'heure, lors d'un contrôle, une kapo a découvert, sous la tunique de Zlatka, le chemisier mauve qu'elle a obtenu de son amie qui travaille au « Kanada ». Plus tôt, elle avait d'ailleurs croisé Klara qui lui avait lancé un regard de reproche ; le marché noir est passible de peine de mort.

— Je leur ai dit qu'on me l'avait donné. Regarde, j'avais déjà découpé un pan pour le carnet de Klara ! Ils n'ont pas remarqué !

— Et s'ils l'avaient trouvé ?

— Et alors ? Je m'en fous. Tu m'entends, je m'en fous !

— Écoute, depuis le sabotage des crématoriums, ils sont devenus plus cinglés qu'avant. Ça risque de nous coûter cher s'ils… Quoi ? Pourquoi ris-tu ?

— Je m'en fous, je te dis. C'est l'anniversaire de Klara.

— Mais enfin, Zlatka, tu ne peux pas…

— Chut ! Bronia, il faut que tu m'aides, ils m'ont abîmé une main. Tu peux découper deux cœurs ?

— Des cœurs ?

Zlatka glisse sa main derrière un joint de tuyauterie.

— Regarde, j'ai déjà plié le papier. Ce sera joli.

— Tu es folle. Tu te rends compte du nombre de filles qui ont eu vingt ans cette année ?

— Et alors ? Klara n'est pas une « fille ».

— S'ils nous attrapent, tu sais ce que ça veut dire ?

— Ils ne nous attraperont pas ! Je te promets de ne pas lui chanter *Joyeux anniversaire* !

— Tu es folle.

Helena vient de se joindre à elles avec les ciseaux.

— Esther m'a dit qu'elle avait ce qu'il fallait pour faire un gâteau !

Zlatka éclate de rire. Bronia la dévisage. Cela fait si longtemps qu'elle n'a pas vu quelqu'un rire. Bronia saisit les ciseaux et découpe le tissu. Elle songe à la sœur d'Esther et aux trois autres femmes de l'usine, exécutées il y a deux semaines ; ce sont elles qui avaient passé de la poudre aux Sonderkommandos qui ont fait exploser les crématoriums en octobre. Elle a cru qu'Esther allait devenir folle. Depuis, chaque matin, toutes se demandent qui seront les suivantes.

Klara a vingt ans. Son groupe du quart de nuit va bientôt arriver. Zlatka observe Bronia qui tente nerveusement de tailler deux cœurs dans le tissu. Elle doit retourner à l'atelier avant qu'on remarque leur absence. Helena lui remet le crayon. Pour le subtiliser, il a fallu simuler une bataille entre deux filles. Des miettes de mie de pain humectées avec du mazout servent de colle pour la couverture. Avant de retourner au travail, Bronia écrit quelques mots. Ensuite commence l'étape la plus laborieuse : broder un *K* sur la couverture avec un bout de laine rouge.

Cela dure de longues minutes. Zlatka n'y arrive pas. Helena prend la relève. Une surveillante approche.

— Qui traîne ici ?

— 23 457…

— 28 377. Diarrhée, madame.

— On en finit et au boulot, vous m'entendez ?

— Oui, madame.

La couverture est prête. Le *K* est maladroit, mais déchiffrable. Il ne reste plus qu'à attacher les pages avec le lacet plus fin. Zlatka et Helena sortent des toilettes et retournent à leur place. Elles font signe à Bronia, qui donne à son tour le signal aux filles de l'atelier. Certaines sont nerveuses. Se faire attraper avec du papier et un crayon… Une, deux, trois, quatre, cinq, six, sept… une dizaine de travailleuses de la table 4 de la section « calibrage » sont allées au petit coin. Il reste environ vingt minutes avant le retrait au baraquement, où elles croiseront le groupe de Klara. Zlatka doit simuler une nouvelle crise intestinale.

— Qu'y a-t-il ?

— 23 457. Diarrhée, madame.

— Encore ? Cinq minutes et retour, tu ne me feras pas un quart en vacances, tu m'entends ?

— Très bien, madame.

— Madame, je vais l'accompagner, ça ira plus vite… Paniquée, Helena avait oublié d'écrire. Une fois aux toilettes, Zlatka récupère le carnet et le tend à Helena.

— Vite !

— Mais je ne sais pas, qu'est-ce qu'il faut écrire ?

— Mais enfin, ce n'est pas comme si tu devais faire un laïus, bon sang…

Elle griffonne : « Vive Klara ! », puis tend le carnet à Zlatka qui la dévisage avec impatience. Mais Helena se ravise et ajoute quelque chose. De la salle, on entend des cris. Est-ce le bombardier américain qui les rend nerveux? Ils savent que les prisonniers savent. Que c'est presque fini. Il s'agit maintenant de savoir comment tout cela va finir, et de quelle façon ils vont se débarrasser des derniers milliers de témoins. Qui pourrait départager, parmi ces jeunes hommes, les lâches susceptibles de se prêter à un exercice calculé de rédemption, de ceux qui iront jusqu'au bout? Un SS qui ne va pas jusqu'au bout est-il un SS? N'ont-ils pas réinventé le jusqu'au-boutisme depuis le début de la guerre? L'œuvre implique du bétail. Si le bétail écrit des souhaits dans des carnets, ça ne va pas, pas du tout. «Quelques pommes pourries!» Les SS viennent rappeler aux ouvrières que celles qui étaient de mèche avec les «chiennes» qui ont passé la poudre aux Sonderkommandos en octobre feraient mieux d'avouer maintenant, ou alors il y aura d'autres représailles. Helena sort des toilettes et revient à sa table. Un SS la dévisage. Elle garde la tête inclinée. La surveillante informe le soldat qu'il y en a encore une aux toilettes. Diarrhée.

— Ne serait-elle pas mieux à l'infirmerie? demande un des officiers en riant.

Plus personne ici n'est dupe quant aux chances de survie à l'infirmerie. Toutes savent que Vera y a été conduite et qu'elle ne reviendra pas. Le SS envoie la kapo chercher Zlatka.

Zlatka ferme les yeux. *Bialystok. Il fait beau. Il y a tellement de vent. Avec Klara, elles se disent que les garçons n'ont pas de chance: ils n'ont pas autant de cheveux pour le vent. «Alors? demande-t-elle à Klara. Tu as fait un vœu?» «Oui», répond-elle en riant. Bien sûr qu'elles savent toutes les deux. Elles savent très bien ce qu'elle a souhaité : être kidnappée par le beau Saul. « Tu n'as pas le droit, lui reproche Zlatka, ce n'est pas juste ! » Elle lui remet une carte en forme de cœur. À l'intérieur, elle a écrit « À bas la famille… Liberté ! Liberté ! Liberté ! »*

La kapo approche. Il n'y a plus de temps. Elle tourne l'une des pages vierges restantes, elle écrit. Paniquée, elle appuie trop fort et casse la mine. Puis elle glisse le carnet sous son aisselle et se met au garde-à-vous.

Dans une chambre noire, quelques heures plus tard ce jour-là, Brandford Kerr examine les négatifs de ses photos d'Auschwitz. Sur certains, on voit bien les ateliers de l'usine Union et on peut même apercevoir deux formes humaines le long du mur nord. Sur la bande de ces négatifs-là, il inscrit à l'intention du labo : « *The heart of Auschwitz* ».

23

FRANÇOIS SE VERSA UN DEUXIÈME SCOTCH et relut pour une énième fois :

Je tiens à écrire ici que j'ai vécu jusqu'à ce jour. Je veux que mes proches, s'ils sont encore vivants, sachent que j'ai tenu jusqu'à ce 26 avril 1945. Je n'irai pas plus loin. Je veux que l'on sache que j'ai aimé la vie. J'ai aimé vivre. Bénies soient les camarades qui m'ont aidée. Bénie soit ma famille qui reste, béni soit Dieu qui l'a voulu…

Ce texte, le treizième, le seul non signé du carnet, restait une énigme. Sur la table, il avait étalé tous les documents dont il disposait : les fac-similés, les traductions, les ouvrages historiques engrossés de Post-it, les photos de l'usine Union qu'il avait prises à Auschwitz, les cartes, les reproductions, des photos aériennes… et puis cet ouvrage étrange qu'il avait déniché à la bibliothèque du musée de l'Holocauste : *Le kalendarium d'Auschwitz*. C'était le livre le moins sentimental qu'on puisse imaginer. L'auteur avait puisé à de multiples sources (bureaucratie nazie, témoignages, correspondances, photographies, etc.) afin de reconstituer sur une base quotidienne les événements, les manœuvres, les actions petites et grandes qui s'étaient déroulés pendant les années de fonctionnement du camp. Les faits s'y succédaient, attestés, validés, quantifiés. Le passé y était colligé comme dans un herbier lugubre où il n'y aurait que des chardons : les déplacements de prisonniers, les expériences médicales, les convois de Juifs, les exactions, les exécutions, les morts s'y additionnaient sous ses yeux du 14 juin 1940 au 17 janvier 1945, veille de l'évacuation du camp. À l'entrée du 21 décembre 1944, le jour de l'anniversaire de Klara, voici ce qu'on pouvait y lire :

747 prisonnières de la section des femmes à Auschwitz et 320 de Birkenau sont désinfectées.

8 prisonnières meurent de fatigue dans le camp d'Auschwitz-Birkenau.

Le nombre de prisonniers à la station expérimentale du Dr Clauberg a été réduit de moitié pour un total de 270 femmes servant à la recherche et de 8 employées.

21 prisonnières ont été transférées du camp des femmes de Birkenau vers Auschwitz I.

38 prisonniers arrivés de Buchenwald ont reçu les numéros 202372 à 202410.

Trois jours après le bombardement de la I.G. Farben près d'Auschwitz, une reconnaissance aérienne est effectuée par l'armée américaine qui prend des photographies pour évaluer l'étendue des dommages. On y voit les camps d'Auschwitz et de Birkenau

(Auschwitz II). L'agrandissement de la photo de Birkenau permet de constater que les barbelés et les miradors qui entouraient l'ancienne section III «Mexico» ont été déplacés. Le toit de la chambre à gaz a aussi été retiré. Le toit et la cheminée du crématorium II ont été détruits. Il n'y a plus de barbelés autour des crématoriums II et III. Le lieu est encombré de matériaux. L'état de l'usine de la I.G. Farben est l'objet principal de cette reconnaissance aérienne.

François s'était procuré ces photos. Elles étaient extraordinairement précises. Il fit glisser vers lui celle du complexe d'Auschwitz I. Avec une loupe, il scruta l'usine de la Union et remarqua deux silhouettes à l'extérieur, le long du mur nord. Il la punaisa sur le babillard devant sa table de travail. Il se versa un autre scotch. Ces silhouettes, à qui appartenaient-elles? Il aurait voulu raconter, mais on ne s'improvise pas écrivain. Car c'est de cela qu'il s'agissait: écrire, inventer. Un journaliste qui arrive plus de soixante ans après les faits a-t-il d'autres choix que d'inventer? Il nota dans un cahier: «C'est une belle histoire», puis éclata de rire. Non, vraiment, ce n'était pas possible. Il consulta une fois de plus les fac-similés qu'on lui avait confiés, comme si les calligraphies différentes pouvaient révéler autre chose que des bribes de caractère, l'intensité d'une volonté révolue. Il prit dans ses mains le fac-similé du treizième texte, cette étrange interpellation qu'un agonisant avait proférée. Il remarqua enfin ce qui lui avait échappé jusque-là. Il prit la loupe et l'approcha de la date à moitié effacée en haut du texte: 26/4/45. Non seulement ce texte anonyme n'était pas un souhait d'anniversaire, mais il avait été écrit plus de quatre mois après tous les autres. Les prisonniers survivants avaient été évacués le 17 janvier 1945. Ces mots n'avaient donc pas été écrits à Auschwitz. Le feuillet glissa à terre. En le ramassant, François vit quelques notes manuscrites écrites en anglais au dos, auxquelles il n'avait pas prêté attention. « *1985. It's been forty years now that this story ended. It is more than the story of the twentieth century, it is a story of mankind, of terror but also of dignity… as the director of this new museum…* » C'était une sorte d'ébauche de discours, quelques lignes notées à la va-vite, mais dont il était facile de déterminer l'auteur. Pourquoi Dana Brenner avait-elle ainsi jeté ses notes au verso de ce fac-similé ? Intrigué, il revint aux notes de la directrice. Il retourna une nouvelle fois le fac-similé puis revint au dos, répéta le geste plusieurs fois. Incrédule, François scanna le dos du fac-similé, puis l'imprima. Il déposa les deux feuillets devant lui et put ainsi les comparer plus efficacement. Une fois convaincu, il se rabattit un temps contre le dossier de son fauteuil et se versa un nouveau scotch. Il n'y avait pas de doute. L'écriture de la fondatrice du musée, Dana Brenner, et celle, anonyme, du 26 avril 1945 étaient identiques. François repensa à la pudeur de Sally qui avait refusé de lui en dire plus sur sa mère et sur le carnet. Pourquoi ce silence ? Dana Brenner et Klara Granovski étaient-elles une seule et même personne ?

Il se versa un nouveau scotch. C'était la seule aide disponible à cette heure.

Un mois plus tôt

Sally Brenner sort de l'appartement, le cahier sous le bras. Il s'agit de rester calme. La rue est une bonne solution pour y arriver. Elle fera ça devant témoins. Elle arpente l'East End jusqu'au café qui sert des bagels, hélas moins bons qu'à Montréal. Elle retire ses lunettes de soleil et dévoile ses yeux rougis à son voisin de table qui, par discrétion, replonge aussitôt dans son journal. Elle commande un thé au citron. Elle jette un coup d'œil vers l'Hudson où les bateaux signalent leur existence au-delà du flux des autos. Une dizaine de personnes font comme elle : elles sont dans ce café de Manhattan pour lire. Elle prend son temps. Elle caresse la couverture en cuir du cahier trouvé dans les affaires de sa mère. Cela fait plus de deux ans que Dana est morte.

Quand Sally a trouvé le journal intime, ce matin, au fond d'une boîte qui traînait dans le placard du vieil appartement qu'elle s'est résignée à vendre, elle a pleuré comme devant une présence… impossible, inespérée et miraculeuse. Elle a pleuré comme un enfant qui retrouve sa mère après l'avoir perdue. Elle a attendu quelques heures… Il y a plusieurs cahiers. Elle a pris le premier. Elle le dépose sur la table et tourne la page couverture. Sur la première page, une simple inscription : <u>*Dana Brenner. Journal 1945*</u>. Quand sa mère avait commencé à rédiger ce journal, elle était plus jeune que ne l'est aujourd'hui Sally. Et plus triste assurément…

1945

24 avril

J'entreprends ce soir, dans la pénombre des écuries de Malchöw, d'écrire ce qui se passe, ce qui s'est passé. Quant à ce qui se passera, je n'en sais rien. Quelques-unes des filles de la Union, dont Mina, Rachel, Irène et Guta, ont été envoyées ailleurs. Les reverrons-nous ? Nous redoutons le pire pour Klara. Je ne peux pas écrire longtemps, c'est trop dangereux. Les Soviétiques sont tout près. Bronia a volé ce papier dans la cohue au guichet d'arrivée. Elle m'a dit : « Pour les vingt et un ans de Klara. » Elle voulait me rassurer. Je n'ai pas eu la force de lui rendre son sourire. Klara a réussi à sortir d'Auschwitz le carnet que nous lui avons offert pour son anniversaire en le cachant sous son aisselle. Nous lui avions pourtant dit de le laisser. Lors de l'inspection, à la sortie des trains, elle n'a pas levé le bras gauche comme il faut, de peur que le carnet tombe. Ils l'ont cravachée sous nos yeux. Et l'ont emmenée. Le carnet était déjà tombé. Les gardes ne l'ont pas vu. J'ai pu le récupérer discrètement. Nous sommes une centaine de femmes de la Union parquées ici. Klara n'est pas revenue depuis hier. Nous sommes toutes vivantes. Sauf Cesia, restée là-bas ; elle a quitté cet enfer un peu plus tôt que nous.

25 avril

Klara est revenue! Elle ne va pas bien. Ils l'ont battue. Ils ont voulu la tuer. Ils nous ont rendu une morte vivante. Bronia reste auprès d'elle en permanence. Helena et Simone ont tenté de trouver des médicaments, mais il n'y a plus rien ici. L'anarchie règne. Ça sent la fin pour les Allemands, et pour nous aussi. Ils ont distribué du pain pour la première fois depuis deux jours. Ruth a organisé un «prélèvement» pour augmenter la ration de Klara. Nous avons tenté de laver certaines plaies, mais l'infection progresse de façon fulgurante. Klara m'a demandé de lui lire nos textes. J'ai dû rassembler toutes mes forces pour ne pas pleurer. Les Soviétiques approchent. Pourquoi n'avons-nous pas été liquidées? Toutes les femmes ici sont affolées. Klara va peut-être mourir près de nous sans que nous n'y puissions rien! Hanka, Simone et Zlatka se relaient pour lui chanter nos comptines. Notre Klara est en danger de mort. Et nous n'avons que des mots, ces mots qui ont causé tout ce mal.

26 avril

Il paraît que les Soviétiques ne sont plus qu'à quelques kilomètres seulement. Zlatka répète que nous allons nous en sortir. Je ne sais pas si elle espère encore que Klara survivra, mais je n'y crois plus. Elle est dans un état comateux. Klara va mourir, c'est sûr. Et tout ça un peu à cause de nous. De ce maudit carnet. C'est notre faute. Notre faute! Dans un moment de lucidité passagère, ce matin, Klara m'a dicté un texte. Elle m'a demandé de l'écrire sur une des pages vierges de son «cœur». «Mon testament», a-t-elle dit. J'ai pleuré comme une enfant. Ma main tremblait. C'est elle qui m'a consolée! C'est elle qui m'a consolée! Je lui ai demandé si elle voulait faire l'effort de signer. Elle a craché du sang. Elle a approché sa main, mais elle n'avait plus la force. « Il est déjà là, mon nom, douze fois... », a-t-elle dit en souriant. Est-ce le dernier sourire de Klara ? J'ai eu mal. Elle m'a consolée en tapotant mon bras. Elle saigne. Bronia est restée silencieuse. Je sens qu'elle va devenir folle d'impuissance, et je crains que notre Klara nous quitte dans les heures qui viennent. Je ne reste pas plus longtemps cachée ici. J'ai peur de dormir. Je retourne auprès d'elle.

27 avril

Le jour de l'anniversaire de Klara, on m'a envoyée chez le Dr Clauberg. J'étais triste de ne pas avoir pu signer, moi aussi. Pourtant, si les filles avaient été moins téméraires, Klara serait vivante aujourd'hui. Nous avons été fières. Nous avons été fières et il y a un prix à payer. Si seulement nous avions accepté d'être ce que nous étions. Des animaux. Klara Granovski, notre amie, une belle jeune femme de presque vingt ans et demi, est morte il y a quelques heures. Elle tenait le carnet serré contre son cœur. Je note ces choses alors qu'il y a une heure, ils sont venus prendre le corps. Ils l'ont traîné... Bronia a récupéré le carnet et me l'a remis. Elle n'en veut pas. « C'est un objet maudit. » Elle l'a répété plusieurs fois. Elles ont toutes souhaité tellement de choses dans ce carnet. Du temps, beaucoup de temps pour notre Klara chérie. C'est notre faute. Mon Dieu, qu'avons-nous fait ? Comment avons-nous pu être si inconscientes ? Et me voilà ce soir avec « l'objet maudit ». La seule chose qui me retient de le jeter, c'est le testament de Klara.

25

À L'ARRIÈRE DU TAXI, François remarqua la fiche signalétique du chauffeur : Mustapha Oued el Shakri. Il lui dit « De Westbury et Côte-Sainte-Catherine », hésitant à préciser « Au musée de l'Holocauste ». Il ne put contenir un rire devant ce scrupule…

— Ça va, monsieur ? lui demanda le chauffeur.

— Oui, oui, pardonnez-moi, mais j'étais en train de trouver ridicule d'être soulagé de ne pas vous avoir donné le nom de ma destination.

— C'est De Westbury et Côte-Sainte-Catherine, non ?

— Oui, mais je vais au musée de l'Holocauste, vous connaissez ?

— Non, et alors ?

— Alors, je trouvais ridicule de présumer que cela vous dérangerait.

— Pourquoi, parce que je suis Palestinien ?

— Vous êtes Palestinien ?

— Oui, monsieur, mais vous savez, je suis Canadien depuis maintenant un an, j'ai obtenu la citoyenneté.

— Je vous félicite !

— Merci, merci !

— Je peux vous poser une question ?

— Bien sûr !

— Vous ne trouvez pas qu'on a trop parlé de cette Shoah ?

— Non, monsieur.

— Ah bon ?

— Non, je crois simplement qu'on ne parle pas assez des autres génocides et des autres malheurs... On ne parle jamais trop des malheurs...

— Vous avez raison, vous avez raison... les malheurs sont nombreux.

Ce matin-là, François s'était réveillé en songeant à ce personnage de son enfance téléphage, une grande marionnette vivante aux accents russes qui le plongeait, une fois par semaine, dans un conte célèbre, mais dont elle modifiait le cours en s'y infiltrant. Elle pénétrait dans un grand livre pour se retrouver au milieu de la forêt aux côtés du Petit Chaperon rouge ou au chevet de la Belle au bois dormant, et elle réparait les injustices, bricolait de nouvelles issues, neutralisait l'histoire en la corrigeant, gommait tout ce qu'elle avait d'inéluctable. N'était-ce pas ce qu'il avait cherché à faire ? Entrer dans ce carnet ?

Le directeur du musée lui avait accordé cette ultime requête : voir l'intérieur du carnet, les pages manuscrites, la texture, la « chose réelle ». François le retrouva, accompagné de l'archiviste et d'un autre employé, dans la salle du carnet. Cela ressemblait à une cérémonie d'adieu. Le directeur se tenait debout, les mains gantées, près de la vitrine que soulevèrent ses deux collaborateurs. François observait la scène et ne put s'empêcher de sourire. Les gestes lents s'apparentaient à ceux des démineurs. Le carnet allait-il exploser, comme une vérité pouvait éclater ? Ce personnage de son enfance, cette grande marionnette, quand elle entrait dans les histoires, c'était toujours par effraction. Le directeur retira doucement le carnet de son support métallique et le déposa sur la paume de sa main gauche. Il jeta un coup d'œil vers François et l'invita à le suivre. Le contact était établi avec la navette Auschwitz 1944. Ils pénétrèrent dans la salle de conférences où une table était recouverte de feutre noir. Le directeur y déposa l'artéfact. François s'approcha. La main gantée souleva doucement la couverture, et il vit alors se déployer les pages jaunies, tel un soufflet d'accordéon, et vit se former un trèfle. Les pages semblaient aussi fragiles que les feuilles d'un herbier. On distinguait bien la date, 21/12/44, qui chapeautait les différents messages. C'étaient les mêmes calligraphies que sur les fac-similés, mais bonifiées d'une texture, de couleurs pâles, de nuances dans l'usure et de ces détails seulement visibles sur l'objet réel ; l'irrégularité du papier, la juxtaposition parfois anarchique des textes, l'usure du tissu, la finesse des coutures, l'assemblage complexe où alternaient colle et tressage. Le treizième texte, celui du 26 janvier 1945, avait été écrit avec un crayon différent, ce qui semblait logique. François enfila des gants et s'approcha du texte de Mina, le toucha. L'avait-elle écrit avant que le carnet ne soit assemblé ? Il pouvait voir les deux coutures qui reliaient l'ensemble ainsi que les joints de colle qui avaient tenu. François connaissait l'émotion que l'on ressent devant l'original d'un tableau de grand maître. C'était une émotion identique, en quelque sorte. Sur la page du treizième texte, il remarqua quelques taches de couleur rougeâtre. « Une encre différente », songea-t-il, ne pouvant imaginer qu'il s'agissait du sang de

Klara qui avait saisi la main de Dana. François regarda avidement. Une fois rentré chez lui, il se versa un scotch et relut cette phrase écrite dans son cahier: «C'est une belle histoire, je n'y peux rien.»

L'artéfact dont il est question dans ce roman existe bel et bien et se trouve effectivement au musée de l'Holocauste de Montréal. C'est la seule part de réel qui entre dans cette histoire, sauf certains des souhaits du carnet qui sont authentiques. Au lecteur de deviner lesquels.

C. L.

Table

Achevé d'imprimer en janvier 2020
sur les presses de l'imprimerie Gauvin

ÉD. 01 / IMP. 02

MIXTE
Papier
FSC FSC® C100212